小千谷《おぢや》の風《かぜ》

玄間 太郎

同時代社

目次

【主な登場人物】

幾《いく》……………口減らしのため山崎診療所へ女中奉公。東伯を師と仰ぎ、医者をめざして修業。患者の身体と心に向き合い、やがて名を知られる医師になる。

山崎東伯……………町医者。貧しい百姓町民からは薬礼を取らない。幾に注ぐ眼は温かい。

七未…………………東伯の妻。家計は火の車の診療所を切り盛りする。

澤田源斎……………医師。幾の座学の師で医学の基礎を教える。幾の想い人。

弥平…………………小千谷縮亀屋の放蕩若旦那で梅毒患者。幾の患者代表を自任。

茂平…………………幾の兄。年貢減免、米価引き下などで小作一揆。目的を成就する。

翫エ門………………村の百姓総代で一揆の頭取。

花《はな》…………………浅原神社で母に置き去りにされ、古川花火の清太郎夫婦に拾われる。実の子同様に育てられ、立派な花火師となって夜空に花を咲かせる。

古川清太郎…………古川花火の棟梁。花の熱意、努力を認め、一人前の花火師に育てる。

フミ………………清太郎の妻。花のよき理解者。

文三………清太郎の二男。作業場の事故で爆死した兄清二の後を継ぐ。
芳吉………古川花火の職人頭。
佐藤弥八………新興佐藤花火の棟梁。
橋三………弥八の長男で優しく懐の大きい若棟梁。花の想い人。
治平………佐藤花火の職人頭
佐藤佐平次……私財を投げ打って飢饉《ききん》の難民を救った酒造屋の当主。

プロローグ

うららかに晴れ渡った。
小千谷に春の風が吹いている。
やわらかく、光って見える。

越後中越の真ん中、小千谷。豪雪地帯の春は遅い。
雪に埋まれば数か月は白色地獄。太陽を拝める日は月に四、五日しかない。村人は来る日も
来る日も長い冬に耐え、春の訪れをひたすら待つ。

山の雪が消え、日ごとに暖かくなった。
新緑、谷川のせせらぎ、小鳥の声。
村々は春霞におおわれていた。
コブシが咲き、マンサクが咲き、桃や桜が咲いた。
遠くの山々に薄紅色の帯を巻いたような桜の波が走った。

どれほどの天災や悲しみがあろうと春はやってくる。

宝暦元年（一七五二）五月。

小千谷に女の子が相次いで生まれた。

一人は信濃川東岸の貧しい百姓家で誕生した。幾と名付けられた。

一人は里から離れた片貝村の、やはり極貧の水飲み百姓の子だった。名を花と言った。

（この年の四月、越後高田に大地震があり、高田城や城下に大被害をもたらした。六月には八代将軍の徳川吉宗が逝った）

第一章　春　悲境

幾の巻

小千谷の中心部は、信濃川の大きな蛇行部に発達した段丘の町だった。

街道筋の船着場として知られ、ふくれあがる家数を収めるとともに洪水対策として新しい町割を台地上に造った。坂道の多い地形になった。

銀山街道の宿場町として栄え、越後上布《じょうふ》や小千谷縮《ちぢみ》、青苧《あおそ》などの集散地でもあり縮市場町としても賑わった。

幾の生まれた信濃川流域の農民は度重なる氾濫に悩まされていた。滔々《とうとう》と流れる一九六間（約三五〇〓《メートル》）の大河は時として〝暴れ川〟と化した。

元和六年（一六二〇）の大洪水は一丈六尺（四〓《メートル》余）の増水だったといわれる。

「昔々のことだ。白髭の爺さんが、板に乗って洪水の襲来を叫んで下ったという。それで『白髭水』と言い伝えられた」

古老の話だ。

にぎわっていた下夕町一帯はもちろん、沿岸の田畑や人家が大被害を受けた。川岸近くにあった陣屋も移転しなければならなかった。

幾の家は、その信濃川の辺《ほとり》から四半里余の山裾にあった。貧しい粗末な百姓家が点在していた。洪水で田畑が何度も水浸しになった。幾は小さいころからその恐ろしさを知っている。洪水だけではなかった。幾が生まれる二〇数年前の享保一三年（一七二八）には小千谷が大火に見舞われた。突風にあおられ一気に燃え広がり、町のほとんどを焼失。辺り一面の焼け野原になった。

幾は父母と兄二人の五人家族。父の加助は卒中で倒れ、半身不随となった。母のトヨと長男茂平が地味薄い、狭い田畑を耕していた。雨の日は縄ないや草履づくり、夜なべもしなければならなかった。もう一人の兄は口減らしのために奉公に出されていた。幾も子どものころから農作業や家事を手伝わされてきた。

「情けねえ、おらもう駄目だ」

手足に痺れや麻痺があり、布団に伏せって天井を見つめるだけになった父の弱々しい口癖だった。

「何言うだ。東伯先生に助けてもらった命だねか」

母が言う。

元気なころの父は村一番の働き者で、末っ子の幾にはことのほか優しかった。

父が肩車をしてくれた。両手を頭につかまらせ、足を押さえ、ゆっくり静かに歩いてくれた。父の肩は広く高かった。振り向くと夕闇の向こうに信濃川を赤く染める夕陽が見え、かすかに風の音が聞こえた。田んぼ仕事の帰りだったか。父の優しさ、温かさに包まれた。

その父が倒れたときのことを幾はよく覚えている。三年前のことだった。

「てーへんだ」

父を背負った兄が板戸を開けて叫んだ。七つ半（午後五時）ころだった。春先の田起こしで鋤を振り上げたまま突然転倒したのだという。兄の背中でぐんなりしている。野良着は泥だらけだった。

「父ちゃん大丈夫け！　東伯先生を呼んできて」

母が悲鳴を上げた。

兄が飛び出して行った。

「ともかく寝かせよう、そっと」

土間と囲炉裏《いろり》部屋と寝間、他に狭い二間があるだけの家。父はせんべい布団に倒れこんだ。

「ひどい熱」

母が冷やした手拭を額に当てる。

激しい頭痛か、唸っている。ごぼごぼと吐瀉物《としゃぶつ》を盥《たらい》に吐いた。

「父ちゃーん」

幾は驚いて後ずさった。

父はやがて意識を失った。

すでに日は陰り、風が鳴っていた。雨も降り出した。

母と幾はひたすら医師が現れるのを待った。

一刻（二時間）が過ぎ、一刻半が過ぎた。

夜、風雨はますます激しくなった。やがて稲妻が走り、雷鳴が轟き、嵐模様となった。信濃川が溢れたら向こう西岸の陣屋近くの船着き場からは舟は出ないだろう。町家からやって来る東伯は間違いなく足止めされるだろう。

信濃川と湯殿川の合流地点に位置する船着き場は、晴れた日には上り船、下り船が行き交い、物資を運び、縮商人や旅人で賑わっていた。船宿や旅籠《はたご》も並び、近くには船改め番所もあった。だが、信濃川はひとたび大雨に遭うと〝暴れ川〟と化した。

「父ちゃん、父ちゃん」

幾は泣いている。

半刻が過ぎたころ、薬籠を抱えた兄が転がり込んできた。後ろに総髪、十徳（上っ張り）姿の息も絶え絶えの東伯がいた。二人はびしょ濡れになっていた。

母と幾の顔に光がさした。

「先生、こんな夜に、ありがとうございやす」

東伯は身体を拭くのももどかし気に父の脈をとり、胸を広げ、腹や手足を触り、眼を開かせて入念に診た。倒れたときの様子も詳しく聞いた。

「大丈夫でしょうか」

「死ぬことはない。卒中（中風）だろう。頭を動かさず水平にして静かに寝かせておくこと。絶対に一人で動かせてはならない。再発しやすいから十分に注意するのだ、いいな」

卒中は腰を使う仕事ばかりの百姓に多かった。

風雨はいっそう強まり、帰りの舟は望めず、東伯は一夜泊まった。父の枕元で一晩中寝ずの看病をしていた。手のひらを額に当て熱をはかり、胸に耳を当て呼吸を聴き、背中をさすり、首と手足を改めていた。

隣の部屋で寝ていた幾は時々眼を覚まし、父を診る東伯の動作一つひとつを戸の隙間《すきま》からじっと飽かずに見つめていた。

幼心に思った。

〈お医者さんは偉いなあ。人の命を助けるために、こんなにも…〉

夜が白み始めるころ嵐はやんだ。東伯は薬を処方しておくから取りに来るように言い置いて帰った。

父は意識を取り戻した。だが、顔や腕、足に麻痺が残り、ろれつも回らなくなっていた。痩《や》せ衰えてあばら骨が浮き出ていた。

本人の絶望は哀れだったが、東伯は何回も往診に寄った。

「あきらめるんじゃない」

時にはきつく励まし、勇気づけてくれた。

「父ちゃん、がんばれ」

幾は心の中でつぶやいた。

父の症状を聞き、調合して小分けした生薬を手際よく流れるように薬方紙に包む東伯。幾は眼を輝かせてじっと見ていた。

「幾と言ったかな」

「はい」

「どうだい、お医者になるかい」

冗談とも本気ともつかないその一言が幾の運命を変えることになろうとは、誰も想像できなかった。


幾は、同じ小千谷なのに信濃川東岸流域に医者や取上婆（産婆）がいないことが不思議で、また悔しかった。年老いた村医者は三年前に他界していた。

母は一度死産したことがあると聞いた。初めて身ごもった、幾の姉になるはずの子だった。産気づく直前まで無理をして畑で働いていた。夜に突然、陣痛が始まった。父はおろおろするばかり。隣家の嫁が駆けつけ、てきぱき手伝ってくれた。

「難産だね。私の手には負えない。急いで取上婆さんを！」

激しい暴風雨。父がよろけながら中子の船着き場へ向かった。

「こんな夜に舟を出せる訳がないだろ」

「そこを何とか」

「馬鹿言うな。帰んな」

船頭が塩辛声で怒鳴った。

信濃川の波は高く、洪水の危険が迫っていた。雷が鳴り続いていた。もちろん船は出なかった。

父が帰ると間もなく母の胎内から赤子が生まれ落ちた。息はなかった。

〈こっちに取上婆さんがいたら姉ちゃんは助かったのに〉

幾は子どもながらに思った。

「どうだい、お医者さんになるかい」

東伯の言葉は幾の小さな胸の中で次第に大きくなっていった。

色白で丸顔、頬っぺたの赤い幾は、田畑仕事をよく手伝い、小千谷縮も織った。

小千谷縮は明石の浪人堀次郎が来て発案したもので、この地にあった越後布（白布）の緯糸《よこいと》に強い撚《よ》りをかけ、「しぼ」というシワを出すことで涼感と風合いがあった。武士の裃にも採用され、小千谷、十日町、塩沢などで縮市が立ち、商人が集まって大層盛んだった。

豪雪のほか、天候不順による冷害、水害の多い地。機織りは稲作に思うような実りのない百姓の副業で唯一の現金収入の道だった。どこでも女子は七、八歳ころから機織りを教えられた。母親はどこでも「お嫁は器量じゃなくて機織りの技だからね」と娘に言った。吹雪の舞い込む冬は両の手に息を吹きかけ、すり合わせてから機に向かった。一五〜一六歳、二四〜二五歳の女子が織ったものが一番上品だといわれた。

花の巻

小高い丘の杉木立と竹林を抜けると眼下に広がる田畑が見えた。花の生まれた家は小千谷から北へ二里余の片貝村の坂下にあった。雪の冬は他とも行き来が絶えた。

多くが水飲み百姓といわれる五反百姓で、杉山の陰の日の当たらない土地にわずか二反歩という百姓家も少なくなかった。村は貧しかった。

洪水にも度々遭った。花が生まれた六年後の宝暦七年（一七五七）には千谷川が溢れて田畑は水没、溺死者も千人と伝えられた。疫病、狂犬病も大流行した。狂犬病は高熱を発し、意識が混濁してやがて死に至る病だった。

追い打ちをかけるように不作、食糧難が片貝の村々を襲った。さかのぼる延宝三年（一六七五）の飢えと死も悲惨で後に死者の供養塔が建てられた。朽ちた碑銘の前面には「南無阿弥陀仏」、右側に「凶年餓死人墳」の文字が読み取れた。

作物は実らず米価は急高騰、租税の引き上げ。それでも幕藩は年貢を容赦《ようしゃ》なく取り立てた。百姓は塗炭の苦しみを味わわされていた。

花の父、治作は痛風で苦しんだ末、猛威をふるった流感であっけなく逝った。まだ三九歳だった。

母ハルが真っ黒になって朝から晩まで身を粉にして働いた。春先の田起こし、代掻き、田植え、田の草取り、稲刈り…。それらを早めに終わらせ何をおいても庄屋の手伝いに馳せねばならなかった。小柄で華奢《きゃしゃ》な身体は重労働に耐えられず時々寝込んだ。

「母ちゃん休め。おらが働くから」

花の姉、トシが言った。

だが、トシもまだ一二歳の少女。母の替わりはとうていできなかった。

暮らしは苦しくなる一方だった。

ある日のこと。叔父の五助がやってきて花の前に母と座った。

「トシ」

叔父はしばし間をおいた。

「すまんが女中奉公に出てくれや」

「えっ」

「かあちゃん一人ではお前たちを食わすことができねえ。花はまだおぼ子だ、だからお前が…」

「うう」

母はうずくまり、両手で顔を覆った。

トシと花は村人の羨《うらや》むような仲のよい姉妹だった。

小千谷の旅籠に女中奉公に連れて行かれるその朝、姉妹は家の外へ出た。行く当てはなかった。だが、逃げて走った。もう一生会えないのではないかと姉妹は思った。

「花！」

「姉ちゃん！」

抱き合って泣いた。

そのとき三年前のことが二人の脳裏をよぎった。


六月、大雨が何日も降り続いていた。ある日、ついに近くの川が増水して溢れた。田畑は水浸しになった。

花は、可愛がっていた犬のゴロが外へ出たのを見た。

「ゴロ、ゴロ、どこへ行くだ」

後を追った。

ズズー、ゴーゴー
ゴロは岸辺で、流れに向かって吠えていた。

「ゴロ、危ない！」

手を差し伸べようとした。その途端、足を滑らせ、川淵に落ちた。

「あっ」

とっさに草木につかまり、もがいた。

ワンワン、ワワン
ゴロが助けを求めて、あっちこっち吠えたてた。

それほど大きな川ではないが、花は急流の深みにはまった。

やがて両の手が草木からズルリと離れた。

川の真ん中へ流されようとしていた。手をあげ、あっぷあっぷ、溺れかかった。

木々や草、稲、農具や衣類が流れてきた。

花がかすかに見開いた眼に映ったものがあった。赤い薔薇《ばら》だった。泥水の中でひときわ美しく神々しく見えた。花は放心したように見とれ、手を伸ばしてつかもうとした。だが、叶うはずもなかった。

美しいもの、綺麗《きれい》なものへの憧れと執着はひょっとしてこの一瞬に刻印されたのかもしれない。花は不思議な運命を感じた。

「花！」

姉のトシは当たりを見回し、「誰かー」と叫んだ。だが、人影はどこにもない。

トシが、とっさに川瀬に飛び込んだ。

「花、大丈夫だ」

「落ち着け」

何度も声をかけた。

「しっかりつかまれ」

トシは花の頭を上流に向けて水面上に浮かべ、抱きかかえて岸に向かった。力の限りに土手に押し上げた。

花を横たえ、ふるえる身体を一生懸命に摩《さす》った。

「花、花」

間もなくして、ごぼっと花の口から泥水がこぼれ出た。ゴロが花の顔を小さな舌でなめ回していた。

トシは八歳、花は五歳だった。

姉妹のことは、たちまち村人の評判になった。


「姉ちゃんと別れるのは嫌だよー」

花は女中奉公に出されるトシの体にしがみついた。

翌朝、トシは五助叔父に連れられて坂下の家から小千谷に向かった。

「姉ちゃん」

花が後について行く。

「姉ちゃーん」

どこまでもついて行く。

「花、もう帰んな」

一本杉の峠まで来たときトシが手を振った。

花は立ち止まり、涙をふいた。

トシは何度も振り返り振り返り、遠ざかって行った。


花は百姓仕事をする母の手伝いをよくした。田畑について行き、うど、ぜんまい、蕨《わらび》などの山菜取りで山にも入った。

花は自然の中にみる美しいものが大好きだった。貧しくとも自然だけは平等に手に入った。

春の桜。華やかに爛漫《らんまん》と咲き、やがて散って花吹雪に。こんな話を母から聞いた。

「咲き方や花保ちによって豊作か凶作か占えるんだ。今年はどうかいのう」

マンサクも木いっぱいに黄色の花を咲かせた。その名は豊作万作に見たてて付けられたというが…。

秋には彼岸花が咲く。田んぼや畦や川の土手を真っ赤に染める。

「球根から白い粉末を取り出して食用にするんだ」

隣りの爺さんが話してくれた。

でも、花は何にも「美」を感じた。

うっとりと星空をながめ、飽きることはなかった。夏空に尾を引いて流れるほうき星。

「綺麗さ。だけど花、ほうき星は悪いことが起きる前触れとも言われる」

村人たちがそう話した。

〈でも、やっぱり綺麗なものは綺麗、美しいものは美しい。みんなを楽しませたい。私にもできることはないだろうか〉

賢い花は、そんなことを思いながら母と暮らしていた。

第二章　夏　契機

そして七年が過ぎた――。

小千谷に風が吹いていた。

木々の若葉をそよがせていた。

萌え立つ若葉は、やがて日ましに緑の色を濃くしていった。

空に入道雲がわき、太陽が村里をぎらぎらと照りつけ、蝉しぐれが聞こえた。

草むらに橙赤色《だいだいあか》の鬼百合が群れ咲いていた。

幾の巻

朝の待合部屋には早くからすでに五人。

「次、おきくちゃん」

東伯の妻、七末が受付で呼んだ。

きくは五歳。親が百姓仕事で忙しく一人でやってきた。

「どうした、吐いた？　あーん、口を開けて」

医師東伯の声が聞こえる。

「梅雨が長かったからな、食あたりだろう」

丁寧に診た後、七末にてきぱきと薬の処方を指示している。

安心したのかおきくの顔色は少しよくなっていた。

「次の方」

七末が呼ぶ。

「お願いしますだ」

足を引きずり身体を左右に揺すって入ってきたのは百姓の又二だった。

「その傷は？」

「ちょっとした拍子に手が狂い、鎌で足を切ってしまって…」

「痛むか？」

「へえ」

顔を歪めている。

東伯は傷口に焼酎《しょうちゅう》を吹きつけて洗い、きつくしぼった布で拭き、蓬《よもぎ》をもんで塗りつけて包帯を施した。痛いとみえ歯を食いしばっている。

「しばらくは家でじっとしているんだな」

又二は礼を言って帰った。

「あと何人かな」

東伯はそう言うと深呼吸をした。

今日も忙しい山崎診療所だ。


ここは船着場を見下ろす下夕町の、さらに坂を上った平地。幅七間の大通りの南北にそれぞれ四九軒・五〇軒の町屋が並ぶその一画。桐の葉陰に質素な「山崎診療所」の看板があった。遠くに眼を移せば八海山が見え、右手向こうには澄光院の甍《いらか》が見えた。

〈私もいつかあの部屋で東伯先生のお手伝いをしたい〉

明和元年（一七六四）。一三歳になった幾は、山崎診療所の女中として台所で働いていた。ふっくらとした頬、背丈も伸びて、よく気がつく子になっていた。

炊事、掃除、洗濯、お使い。

トトン、トン、トトン、トン
小千谷縮の機織りの音も聞こえ、朝早くから夜遅くまで一日中働いていた。

そんな姿に東伯夫妻は眼を細め、自分の娘のように大事にしていた。


幾は四年前の九歳のとき、山崎診療所へ女中奉公にきた。

父は寝たきり、母と兄が細々と田畑を耕していたが、天候不順で不作が続いていた。

こんな話も伝わっていた。

小栗田に清左エ門という庄屋がいた。かつては小高い丘に開ける小栗田原の肥沃な畑、豊穣な田があった。だが、凶作が続き、百姓は来年植える種籾まで食い尽くし、やがて餓死者が出るほどだった。明日は誰が死ぬのか。庄屋は胸を痛めた。上納米を解放して助けるしか道はない。代官に上申したが聞き入れられなかった。

「自分が罰を受けて死ねば村人は助かる。上納米の蔵を解放して村人の命を救おう」

上納米の倉は庄屋の手によって解放された。だがお上をないがしろにしたという咎《とが》で清左エ門は捕えられた。最後にこう言った。

「百姓は国の宝。百姓が富んではじめて国が栄えるものでございます。いまこの地は飢饉に襲われ、塗炭《とたん》の苦しみです。百姓全部に代わりましてお願いを…」

だが、代官は清左エ門を袈裟がけ一刀のもとに斬り捨てた。後に清左エ門を偲んで「袈裟《けさ》がけ神明」という碑が建てられたという。


小千谷にはまた疫病や狂犬病が大流行し、人々は恐怖に陥った。

幾の生家も、もはや家族三人が食べ、一緒に暮らせる余裕はなくなっていた。

いつかは幾を奉公へ出さねばならない。言わずもがなのことで、幾も子どもながらに察していた。

そんなときだった。「うちで働いてみないか」。人を介して東伯から声がかかった。

「どうだい幾?」

幾に迷いはなかった。

「父ちゃんのことは心配だども幾は行く」

幾はみるみる顔を輝かせた。

嵐の夜に危険を顧みずにやって来て父を救ってくれた東伯。あのときの感謝と感動がよみがえった。

医師東伯のもとで働けることの嬉しさで夜明けまで眠れなかった。

〈先生の役に立ちたい〉

翌朝、山崎診療所へ行くために幾は母と信濃川の中子渡しに向かった。手に小さな風呂敷包を持っていた。半刻ほどで船着場に着いた。

信濃川は夏の陽をあびて、ゆるやかに流れていた。

渡しに船が舫《もや》われていた。

舟小屋から陽に焼けた船頭が声をかけてきた。

「娘さん、どこへ」

「はい、奉公に」

母が話す。

「そうかい、偉いのう」

船頭が櫓《ろ》を川に差し入れた。

「座ってくれ」

静かに船は滑り出した。

乗り合わせの客は、風呂敷包を傍に置いて煙管をふかせている商人風の男と乳飲み子をおぶった若い女、法被《はっぴ》に股引《ももひき》姿の職人らしき中年の男…。

船はゆっくりと進んだ。

幾は生まれ育った家の方角を振り返った。泣くまいと思っていたのにやっぱり涙がこぼれた。

前方に山本山が見えてきた。父がまだ元気なころ一家で遊びに行ったことがあった。ちょうど夏の盛りで向日葵《ひまわり》が一面に咲いていた。高原で食べた白い米のおにぎりの味が忘れられない。白米などめったに食べられなかった。

向こう岸に船着場が見えてきた。信濃川と湯殿川の合流地点にあった。はるか遠くへ眼を移すと八海山、中岳、駒岳が見えた。

船は船着場に着いた。

「幾、身体に気いつけてな」

「母ちゃんも元気で」

手を振った。

言葉少ない別れ。

母の姿がやがて遠ざかった。

急に寂しさが襲ってきた。

降りた船着場は活気を呈していた。

「おおーい、いいか」

「運ぶぞーい」

「まごまごするな」

荷下ろしする親方や人足の声が響いた。

十日町船・六日町方面に行く「上り船」と長岡・新潟方面に向かう「下り船」の積み替え拠点として混雑していた。この船着場から「下り船」に米、炭、木呂などを、「上り船」には塩、四十物（乾物類）などが荷揚げされた。

幾はしばらく眺めていた。

先を急ぐ縮商人や旅人の姿も多く見られた。

船着場の近くには往来の人々や荷揚《あ》げ品などを監視する船改め番所（関所）があった。その崖の上には船乗りの住まいもあった。ゆったり下って行くと小千谷陣屋や蝋座があった。一帯は人家が密集して栄え、日暮れどきに小高い船岡山から眺めると民家から幾条もの煙が立ち昇っていた。

船を降りた幾は、船着場から川端茶屋や旅籠、船宿が並ぶ下タ町から右へ急な坂道を上って行った。

汗をふきふき先を歩いている老婆に聞いた。

「山崎診療所はどっちで」

足を止めて振り返ってくれた。

「もう少しだ、病気かい」

「いえ、奉公にいくだ」

「そうかいそうかい、いじらしいの」

老婆は九歳の幾を見て言った。

「上り切ったとこに二荒神社がある。そこからすぐだ」

「ありがとう、ばっちゃん」

ぺこりと頭を下げ、急いだ。

〈もうすぐ東伯先生に会える〉

桐の葉陰に「山崎診療所」の看板が見えた。

「こんにちは、幾です」

声をかけ、患者の待合部屋を通り、その奥の診療部屋へ。受付に東伯の妻七未がいた。

「幾ちゃん？」

「はい」

七未が東伯に告げた。

薬草の匂いがしみ込んだ十徳姿の東伯が出てきた。

「おおっ、よく来た、よく来た」

満面に笑みを浮かべ、両手を拡げて迎えてくれた。


山崎診療所に来てからすでに四年が過ぎようとしていた。女中の仕事はきついが満ち足りた日々を送っていた。家にいたときにはひもじい思いもしてきたが、ここでは腹一杯ご飯が食べられる。こんな幸せはないと思った。

幾に声をかけてくれた医師・山崎東伯は山崎半弥の養子だった。半弥は越後高田から小千谷に移ってきた。

高田は小千谷よりも豪雪で知られ、高田城下には長さ一丈（三メートル）の雪竿があった。雪の多少がその年の米の出来高、年貢に影響するためにに立てられたといわれる。雪竿を超えることもあり、百姓泣かせの雪だった。

南魚沼六日町の杉下志庵に医学を学んだ半弥は、高田に帰郷して開業した。東伯が半弥の評判を聞いて教えを請いにきた。東伯の誠実で研究熱心な人柄に惚れ、教えられることはすべて教え、養子にした。覚えの早い東伯はめきめきと医師としての腕を上げた。養子にした若い東伯夫妻を連れて小千谷に移ってきた半弥だが、無理がたたり他界した。

東伯は半弥の跡を継いだ。貧者たちからは薬礼を受け取らず、家計はいつも火の車だった。半弥の妻も逝き、東伯も間もなく一人娘を麻疹で失った。東伯夫妻の落胆悲嘆ぶりは、患者たちをも心配させた。

東伯も七末も、もともと決して丈夫な身体ではなかった。

そんな二人を幾は懸命に支えた。

花の巻

片貝村の浅原神社から北へ半里、小千谷の町屋からだと五里の山間に花火屋が一軒あった。桜木の看板に「古川花火」とあった。

周りには杉や松の樹木が鬱蒼《うっそう》と茂っていた。炎天の下、風はそよとも吹かず、あぶら蝉の単調な鳴き声が聞こえた。夕暮れになると、もの悲しい「かなかなかな」という音が聞こえた。

仕事場から職人たちの、低い、ときには甲高い声が聞こえた。

花火作りに糊は欠かせない。今朝から板の間で和紙を貼り重ねて火薬を包む玉皮作りが始まっていた。球形の木枠に和紙を丁寧に張り重ねていく。花火によって強度や厚さが異なる。別の土間では、和剤を糊で丸め込む星（星火薬）作りが行われていた。星とは光や色、煙を出しながら燃えていく火薬の粒のこと。異なった火薬は異なった光と色を出す。出来た玉皮に星と割薬（割り火薬）を詰める。割薬とは空中で花火玉を割り、星を遠くへ飛ばすための火薬である。

こうした作業は終始、緊張と細心の注意が求められた。紙貼り、包み、練り仕事。「玉張り三年、星掛け五年」。さらに一人前の花火職人になるには一〇年以上の厳しい修行が必要だと言われていた。棟梁の指揮で半纏、股引きに足袋、腰に手拭い姿の職人たちが懸命に働いていた。半纏はいざというときに火傷から身を守ってくれる。火が燃え移ったときにはすぐ脱げるように帯なしで羽織った。手拭いは、ときには包帯代わりになる。

花は、この花火屋の母屋にいた。一三歳になっていた。動作がきびきびと、どこか少年のようだった。姉さん女中のキワと一緒に台所で働いていた。キワは花がまだ見習いのときから妹のように何でも親切に教えてくれた。

食事作りから掃除、洗濯、縫物と一日中息をつくひまもないほどだった。疲れ果て、居眠りすることもあった。

花火屋古川の家は棟梁《とうりょう》の古川清太郎、妻フミ、清太郎の父で先代棟梁の市助、息子の清二と文三の五人。それに住み込みの職人が五人いた。通い職人も八人いた。

食事の準備、後片づけだけでもてんてこ舞いだった。なのに、「まずい」「もっとうめえもの食わせろよ」と文句を言う職人もいる。

〈なにさ、私らゆっくり食べるひまもないのよ〉

花はつぶやいて口を尖らす。

でも、なんだか楽しくなるときもある。

天気のいい朝。洗い上げたみんなの着る物を物干し竿にかけて広げる。シワ伸ばしのために「ぱぱん、ぱん」と手で叩く。その音で心が晴れ晴れとするのだった。

花には気になって仕方がないことがあった。

花火作りの仕事場の様子だった。興味津々だった。

用事を作ってはなんとか中へ入ろうと試みる。

だが、

「入っちゃならん」

いつも入り口で棟梁清太郎や職人頭芳吉の「待った」がかかった。

なぜなのだろう?

余計なことに眼を移さず女中の仕事に集中せよ、ということなのか。それとも女は花火作りに携わってはいけないとでもいうのだろうか。

昔も今も花火は酒蔵や霊場と同じように女人禁制の世界だった。

それを誰も説明してくれる人はいなかった。

それでも花は、用事を作ってはまた作業場に行き、追い返されると窓の隙間から覗き込んだりした。

「またお前か、いいかげんにしろよ」

「ダメなものはダメなんだ」

職人たちも、げんなりしている。

とうとう窓を内側からふさがれてしまった。

花はしょんぼり戻ってきた。今度は作業場の外から火薬のにおいを胸いっぱい吸うようになった。

そんなある日、おかみさんのフミに呼ばれた。

「花！　座りなさい」

叱られると思って身を縮めてうつむいた。

「ごめんなさい。台所仕事はちゃんとしているつもりです」

「…………」

恐る恐る花は顔を上げた。

フミは花をじっと見つめた。

「花はよくやってくれている」

「えっ」

しばらく黙っていたフミが口を開いた。

「花、花火が好きか」

「はい」

「花火を作りたいのかい？」

「はい、花火職人になりたいんです」

「それとなく棟梁に話してみよう」

花の瞳がみるみる輝いた。

「ほ、ほんとですか」

花が「古川花火」に世話になってから八年が経っていた。

その夜、空に天の川が見えた。降ってきそうな星々。年に一度、天の川を渡って若い男と女が出会う。美しく輝く牽牛星（男）と織女星（女）。そんな花火をいつか作ってみたいと花は思うのだった。

突然、あのときの光景が脳裏に浮かんだ。

ドーン、ドーン
ドーン、ドーン
漆黒の空に雷鳴のような音が轟いた。
ヒューン、ヒューン
ギューン、ギューン

すると間もなく、
空が真っ赤に染まった。
ザッー、バラバラ
それは一瞬にして消えた。
白い煙が辺りに漂った。
また耳をつんざくような音がした。
ドーン、ドーン
ヒューン
ギューン
幾度も幾度も空に大輪の花が咲いた。
さまざまな色と光と形の競演。
〈なんてきれいなんだろう〉
放心したように空を見上げる五歳の花がいた。
〈あれ何?〉
うっとりと瞬きもせずに見ていた。
「うわー」
「まあ、きれいな花火」
人々のどよめきが聞こえた。
〈私と同じ花、花火と言うんだ〉

花と花火の運命的な出会いだった。

そばに母がいることさえ忘れていた。


そこは片貝のほぼ中央、浅原神社。周りには天を突くような赤松や杉、桜の大木があった。普段は静かな神社の境内。奉納花火のこの日だけは華やいだ。花火は右手の丘の方から爆発音の音響とともに打ち上げられて散った。花と母は見物場の後方にいた。


華やかな花火は終わって暗闇が戻った。

見物客は次々に神社を去って行った。親子連れも多く、子どもの笑い声も聞こえた。

母が花の手を取って声をひそめた。

「母ちゃん、知り合いを見つけた。ちょっと離れるからね。いいかい花、ここにずっといるんだよ、動くんじゃないよ」

花を力の限り抱きしめた。眼に涙があった。

〈父ちゃんが死んで田んぼの大半が人手に渡り、花一人食べさせられなくなった。勘弁しておくれ。いい人に育ててもらうんだよ。幸せになるんだよ〉

やがて母の姿が暗闇に消えた。

見物客も見えなくなり、花は一人残された。

母を待った。

〈どこへ行ったの?〉

待っても待っても現れなかった。

母を探してあちこち歩いた。だが、離れるなと言ったことを思い出して元の場所に戻った。

ホー、ホー、ホッ、ホー
梟《ふくろう》の泣き声が怖かった。

花は泣き出した。

しくしく、そのうちしゃがんで大声で泣いた。

〈私を置いていったの。どうして？　ずっといい子にしていたのに〉

ひとりになった。母はもう来ない。もう待っても来ない。

深い悲しみが小さな花の胸にあふれた。

「かあちゃーん」

「どうして」

「かあちゃーん」

呼んでは泣き、しゃくりあげて泣いては呼んだ。

闇の草むらに彼岸花が見えた。

「どうしたい？」

近づき、声をかけた夫婦がいた。

五歳の花は、うまく事情を言葉にできない。しゃっくりをあげながら口にする幾つかの単語をつなげ、夫婦は理解した。

「親と離れてしまったか。いや、どうやら捨て子のようだ」

肩幅広く、上背ある男がつぶやいた。

「かわいそうにねえ、かわいそうに」

妻が花を抱き上げ涙を拭いてやった。

二人は「古川花火」の棟梁・清太郎と妻のフミだった。

花を連れて帰り、自分の子どものように育てた。

やがて、女中として働かせた。

それが花のためになると考えたからだった。

幾と花

「いい天気。幾ちゃん、たまには遊びに行っておいで」

東伯の妻七未が朝、ハタキをかけていた幾に声をかけた。

「診療所のほうは？」

「大丈夫、今日は私が。気分がいいの」

ずっと体調を崩していた七未の笑顔があった。

「ささ、行きな」

東伯もうなずいた。

久方ぶりだった。

さて、どこへ。

まだ、幾は町家の並ぶ賑やかな通りをゆっくり歩いたことがなかった。

二荒神社近くの山崎診療所を出て左へ、さらに通りを左へ行くと小千谷町屋敷があった。旅屋町や鉄砲町。旅籠があり、居酒屋、茶屋があり、紺屋、酒屋、桶屋、傘屋、髪結いなどが軒を連ねていた。下町小路・中町小路・上町小路・寺小路と迷子になるほど入り組んでもいた。

幾は一軒の店、「小里」の軒のれんの見える小間物屋を通りかかった。

間口三間、奥行き三間の町屋造り。櫛《くし》や笄《こうがい》、簪《かんざし》などの髪飾り、白粉や紅といった化粧品、塗り物や箱物、袋物、煙草入れや根付けなどが並べられていた。

「どうぞごらんになって下さいな」

店のおかみが通りに声をかけていた。若い女たちが次々立ち寄って、にぎやかな笑い声を立てている。繁盛していると見える。

店の奥の帳場机には算盤をはじく羽織姿の番頭が座っていた。

簪の種類も多い。華やかなつまみ簪の重菊や九重菊花、銀椿一本簪…。幾が吸い込まれるように手に取ったのは苺花とんぼ玉簪だった。青空に透かして見ると赤と白、緑色が映えた。

「わー、かわいい。きれい！」

叫んだのは幾ではなかった。思わず振り向いた。

縞《しま》木綿の小袖に赤い帯をした同じ年頃の女の子が立っていた。女中らしき姿だった。眼元涼しく、どこか少年のような顔立ちだった。

「ねえ、私も同じの買う」

「えっ」

その子はにっと笑った。

店のおかみがやってきた。

「まあ、お眼が高いこと」

その子は早速、髪に挿した。

きびきびしたしぐさに幾は見とれた。

「あ、そうそう。煙草《たばこ》入れの根付、ありますか」

これにも驚かされた。

「ありますよ、ほらあちら」

「店の主人が根付け道楽で、買ってくるようお使いに出されたんです」

こうこうしかじか、こういう根付を頼まれたとおかみに話している。

ポカンと見ている幾に、またにっと笑った。

帰りしなその子は言った。

「私は花。片貝の花火屋の女中。いつか花火を打ち揚げたいの」

「私、幾。山崎診療所の女中。将来、医者になりたいの」

「また会おうね」

傍で聞いていたおかみが言った。

「いいことがあったらいつかまたおいでね。幸せになるのよ」

二人は笑顔を返し、手を握り合った。赤い苺花とんぼ玉簪を頭上で振って別れた。

生涯にそれほど顔を合わせることのなかった一瞬の運命的な出会いだった。

悲しいとき、辛いとき、嬉しいとき、幾は花を、花は幾を思い浮かべた。

それぞれの道を歩き始める二人。やがてよき師に恵まれる。しかし、生涯にわたるよき友を得たことはなお幸せなことだった。

第三章　秋　修業

そして五年が過ぎた――。

小千谷に風が吹いていた。

ひそやかな小さな風の音が秋を告げている。

辺りに菊の匂いが強く漂っている。

やがて空には赤とんぼが群れ飛び、全山が紅葉してゆく。舞い散る黄金の木の葉を秋風が一斉に吹き散らしていく。

白や赤、黄色の秋桜《コスモス》が風に揺れてなびいていた。

幾の巻

山崎診療所の待合部屋は、母屋の入り口にある板張りの部屋。受付を通ったその奥の左側が診療部屋になっている。

診療部屋の隣には百味箪笥、薬を砕く薬研やすり、潰す乳鉢、生薬の配合で使う秤《はかり》や匙《さじ》が整然と置かれてあった。

診療所の右側の小部屋は東伯の書斎になっていて多くの医学書が並んでいた。

女中の幾はこの朝、書斎の掃除に入っていた。手拭いを姉さんかぶりにし、前掛けをきりっと結んでいた。小柄だが色白で丸顔、眼が大きく、きびきびと動いていた。

書棚の医学本の一冊一冊にハタキをかけながら、見入っていた。ペラペラ繰ってもほとんど理解できなかったが、人体絵図に見とれた。気味は悪いが胸がどきどきしてくる。

「幾！　ちょっと来てくれ」

診療部屋から東伯が呼んだ。

「はーい」

幾の声が診療部屋や待合部屋からも聞こえた。

「幾ちゃん、今日も元気だ」

気取りのない素直な人柄が患者の誰からも親しまれ、頼りにされていた。

明和六年（一七六九）秋、幾は一八歳になっていた。

今日も東伯の妻七未の体調が優れない。幾が白い筒袖上衣を羽織って東伯の診療を手伝うことになった。

「どうした」

東伯の声。

「はい、ひきつけを…」

　ぐんなりした四歳の男の子を抱いた母親が答えた。

　東伯は熱がないか額に手を当て、口を開けさせ、脈をとり、胸を診た。

「痙攣《けいれん》はどのくらい続いたかの。どんなふうだった？」

　体が弓なりになり、手足が突っ張り、吐いたという。

　幾が子どもを母親から抱き取り、寝台にそっと寝かせた。衣服をゆるめ呼吸を楽にさせる。慣れた手際だった。

「痙攣したからといって強く揺さぶったり押さえつけたりしてはいかん。吐いたり下痢したりすると脱水になるから、水分をたっぷり飲ませるんだ」

　女は夫と長男を流行病で亡くし、貧しく食うこともままならなかった。一度は幼子の首に手をかけようとしたこともあった。だが、何も知らずに声を立てて笑うわが子の姿を見て、何とか育てていこうと決心したのだった。

「薬を処方するから待っていろ」

　すると母親はもじもじした。

「東伯先生、あのう薬は…」

「何だ」

「けっこうです」

「何？」

　母親は、うつむいた。

「どうして」

幾が覗き込む。

頑なに口を閉じた母親は、男の子の手を引いて帰ろうとした。

「その子がどうなってもいいのか」

東伯の大きな声が響いた。待合室にも聞こえた。

幾がやせた母親の肩に手を当て座らせた。

相変わらず黙ったまま子どもを引き寄せている。

幾が小声で聞いた。

「薬礼（診療代）のこと？」

「……」

薬を手にした東伯もやってきた。

「バカ者、そんなことは心配せんでいい。カネと命とどっちが大事だ。子は宝だ」

「ありがとうございます」

あとは声にならない。

母親は何度も頭を下げて男の子の手を取り帰って行った。

子どもの死亡率は高かった。その半数が、成人するまでに死んだといわれる。凶作《きょうさく》や飢饉《ききん》、麻疹《はしか》や疱瘡《ほうそう》などの流行り病。それに間引きや堕胎もあり、「七歳までは神のうち」といわれ、七歳までに生きられるかどうか危ぶまれた。

飢饉は東北地方をはじめ全国に広がっていた。越後も例外ではなかった。各地で百姓や町民が生きるために声を上げていた。

「おお、秀哲。よく来た」

ある日、東伯の修業時代の友人、秀哲が新潟からやってきた。

久方ぶりの再会だった。

酒を酌み交わしながら旧交をあたため、話は深夜に及んだ。

「新潟湊にえらい騒動があってのう。聞いているか」

「詳しくはまだ」

「去年（明和五年）のことだ。長岡藩は米価の異常な値上がりの上に町民に一五〇〇両の御用金を押し付けてきた。半分はなんとか収めたが残りの半分はどうしても納められない。上納期限が迫った」

「ほーう、それで」

東伯の妻七未と座って食事の世話をしていた幾も気になって仕方がなかった。

「商人の涌井藤四郎という人が三〇人余の町民と相談して上納期限の延期、米価半値などを奉行所へ嘆願することになった」

「それからどうした」

「いや、驚いたのは町役人の交代は町民の入れ札（公選制）で決める、という要求があったんだ。ぶったまげた」

聞いていた幾は、それがどういうことなのか理解しかねた。ただ、町民方の願いはもっともなことだと思った。

「で、結果は？」

東伯が体を乗り出した。

「涌井藤四郎は密告され、首謀者として逮捕、投獄された。六〇〇人以上の町民が立ち上がり、涌井は一度釈放されたが、しまいには市中引き回しの上、斬首された」

「何ということを」

東伯は宙を見据えて唸った。

幾も膝の上で拳を強く握った。

秀哲の話は同じく去年に起きた佐渡の百姓一揆のことへと移った。

年貢減税などを求めて二〇〇〇人の百姓が相川役所へ向かい、年貢分納などの願いを認めさせた。だが、強訴を呼びかけ、訴状を書いた僧の遍照坊智専が三年入牢の末、刑場で般若心経を読誦しながら死んでいったという。

貧しい農家に生まれ、両親の辛苦をつぶさにみて育った幾は、涙を抑えることができなかった。


東伯は町医者だから本道（内科）や外科だけではなく小児、眼と何でも診た。風邪や腹痛、骨折も治した。出産だけは手が出なかったが、町の評判はよかった。とくに貧しい者たちには「仏の東伯先生」と慕われ、敬《うやま》われていた。

麻疹や疱瘡、コロリ、流行風邪、癪《しゃく》などが猛威をふるっていた。労咳《ろうがい》もその一つだった。

「先生、あと二人で昼餉《ひるげ》です」

「ふむ」

昼餉の後、東伯は母屋で少し休んだ。

午後の診療は九ツ半（一時）。

息せき切って駆けこんできた女がいた。

「先生、すぐに来て下さい。お願いします」

旅屋町の旅籠「おぢ屋」の若い女中だった。

「どうした」

「姉さん（先輩）が死にそうなんです。助けて下さい」

「落ち着け。どんなふうだ」

東伯は病状を聞いた後、台所にいた幾を呼んだ。

「往診だ。用意しろ」

白い筒袖上衣に着替えた幾が薬籠を持って東伯の後ろを歩いた。

重畳と連なった向こうの山々はすっかり紅葉していた。

二人は旅籠「おぢ屋」に着いた。

「おぢ屋」は、座敷が十畳と八畳、二階に六畳と四畳の部屋があった。旅籠の客はどこでも夜明け前に出立して、日暮前に宿に入る。それから宿は騒然と忙しさを加速させる。客が到着すると足をゆすぎ、風呂へ案内し、食事の準備をする。客がたてこめば見知らぬ者との相部屋を願うことになる。何かと騒ぎも起こる。

だが、東伯と幾が来たころはまだ束の間静かだった。

「おぢ屋」の亭主は東伯を見ると迷惑そうに顔をそむけた。

「呼んではいないが」

診療所に東伯を呼びに来た女中が、亭主を避けるように「こちらへ」と促した。

「姉さん、具合はどう？　東伯先生が来てくれたよ」

日の当たらない暗くじめじめした階段下の三畳部屋にひとり寝かされていた。

顔色は青白く、やせ細ってやつれ、眼を閉じたままだった。

「いつからだ」

「そろそろ半月。姉さん、咳と一緒に血を吐いて寝たきりになって」

熱も高く、咳き込みによる不眠も続き、痩せるばかりだったとも言う。

「何でもっと早く来なかった」

「旦那（店の亭主）が止めるんです」

小声で言った。

患者は、もはや体力も抵抗力もなく消耗しきった様子だった。

東伯は一目で〝不治の病〟といわれる労咳だと診断した。

労咳なら傍に人を来させてはならないのだが、言われなくとも診療所に来た女中を除いては誰も寄り付かなかった。

治療には滋養強壮薬の高麗人参が効果的とも言われた。だが、高価で庶民にはとても手に入らなかった。「孝行娘その身を煎じさせ」という川柳があった。高麗人参があまりにも高価で、親の病を救うために苦界に身を沈めた娘がいたほどだった。

臥して苦しそうな眼の前の女中。

このままでは死に至る。幾は感じていた。

「亭主を呼んで来い」

幾は立った。

「東伯先生から大切なお話が」

「関係ねえ、行かぬ」

「あんまりです」

亭主と幾のやり取りが聞こえた。

しばらくして亭主がやって来て座った。

「出来るだけの滋養をとらせて安静に過ごさせよ。病に打ち勝つ体力をつけさせることだ」

亭主は憮然とした顔をしている。

「この子が女中として一生懸命働いてきたことへの、せめてもの褒美だと思って養生させてやれ」

眼を閉じたままの女の頬から一滴の涙が流れた。

東伯は幾に咳き込みをおさえる煎じ薬など、とりあえずの薬を調合させて枕元に置いた。

「また来る、元気になるんだぞ」

幾も後ろ髪引かれる思いで三畳部屋を出た。

寺小路辺りから暮れ六つ（午後六時）の鐘の音が流れた。

花の巻

赤や黄色の葉がやがて褐色になり、鳥のように片貝の里に乱れ飛んでいた。

花、一八歳。少年のようなきりっとした目鼻立ち、しなやかで凛々しい動き。が、やはり、丸味を帯びてきた体つきは隠しようもなかった。

「古川花火」の家事は、姉さん女中のキワが実家に帰り、花が万端みることになった。炊事、洗濯、縫物、買い物と忙しかった。

〈田舎にいたときは米櫃の底が度々見えた。子どもながらに悲しかった。でもこの家ではいつも米櫃いっぱい〉

それは今も驚きに近かった。

一方で花は花火作りへの興味、関心をいっそう募らせていた。

おかみさんフミの棟梁清太郎への取りなしで仕事場にも顔を出せるようになった。いぶかしむ職人たちへの説得には棟梁も時間がかかった。

花は棟梁差配の仕事の手順、職人や棟梁の息子清二と文三の仕事ぶり、身体の動き、手の動き一つひとつに眼をこらした。少し腰の曲がった先代棟梁の市助の姿も時々眼にした。

花は、どんな手伝いにも喜々とし、眼を輝かせて次の声がかかるのを待った。

「古川花火」には住み込み、通い職人の他に作業工程によって近くの女子衆《おなごし》を雇うこともあった。

　薪の消し炭を薬研で粉にし、搗《つ》き、火薬の原料を作る作業をしたのは主に女子衆だった。幾も声がかかれば体中真っ黒にして取り組んだ。

　焔硝《えんしょう》（火薬）は薪の材質によって色や爆発力に微妙な変化が起きるので松、杉、桐、桑、竹などの種類によって分類したり、火薬を詰めて打ち上げる花火玉の玉殻作りなど手先の細かい仕事も女子衆だった。

「花、だめだ」

　時々、棟梁の鋭い声が飛んだ。

「なぜか、分かるな」

　そんな繰り返しが幾月も何年も続いた。

　そうして一つひとつの仕事の意味とかかわりを深い所で理解し、夜空に美しく花を咲かせる打ち揚げ花火を想像し、確実に仕上げていった。

　女中の仕事と花火作り下支えの日々。充実はしていたが身体はきつかった。だが、若い身体は悲鳴を上げなかった。それに棟梁が新たに女中を一人雇ってくれていた。

「それで…」

　花は先代の棟梁市助の、片貝花火由来の話に眼を輝かせた。

「片貝には鉄砲鍛冶職人が多かった。戦国の戦の世を終え、鉄砲も戦での役割がなくなったのさ」

さかのぼる戦国の世、義の武将といわれた上杉謙信公は鉄砲を重視し火薬を造らせた。火薬の製造は、床下の土や人馬の糞を原料としたので領内の下層農民の仕事だった。謙信公はやがて会津・米沢に転封させられるが、百姓はそのまま行かなかった。謙信公はその技術を惜しみ潜らせ、後に発展をみることになる。

「もっぱら獣の狩猟に使われるようになった」

「猿や鹿、猪?」

「そうだ。その鍛冶職人がやがて花火を作るようになった。戦争の道具だった火薬を扱う技を花火に活かしたわけだ。みな三度の飯より花火作りが好きだった」

「その人たちが花火師に?」

「そういうことだ。命にかかわる危険もなんのそのでな」

初めのころは床下の土や人馬の糞などから火薬を精製する方法を口伝によって伝え、縄火や車火、草花など手製の花火を作り、祭りに打ち揚げて楽しんでいた。技術は未熟だったがそれが本格的な花火作りへの道を開いていった。長岡浪人が大流星や火乱星の作り方を伝え、一気に勢いをつけて盛んになっていった。

「やがて知らぬ者がいないほど有名になった。江戸あたりから三国峠を越え、草鞋《わらじ》がけで七日も十日もかけてやってきて花火を見物したんだ」

「へえ、ほんとに」

「片貝茶畑辺りには杉の大木が何本もあった。遠くから一番目立つ大木に幟旗が結いられ、よう来たとばかりにはためいていたもんだ」

「江戸の人らは、どこに泊まったの」

「みんな農家や町の家の軒先で菰《こも》をかぶって野宿したそうだ。酒をちびりちびりやりながら花火を待ったというぞ」

そんなにまでして江戸からも見物に来た片貝の花火。この手で夜空に高く打ち揚げてみたい。花はいっそう思いを高鳴らせた。

花は買い物や用事でしばしば使いに出された。そんなときも市助から聞いたことを思い出し、おかみさんに許しを得て寄り道をした。

初めて花火を焼いた(揚げた)といわれる大屋敷へ行った。そのころはまだ縄火、車火、草火といった初歩的なものだったようだ。その後、玉火、大流星、火乱星などの打ち揚げものへと工夫されていった。

伝説の花火師が住んでいた新屋敷の家は大銀杏と欅に囲まれていた。生きていたらぜひ会いたかったと花は思った。

打ち揚げ作業で全身大やけどをしたという五之町の花火職人の家は竹林に囲まれていた。片貝の花火は先人たちが命をかけて育て上げてきたものなのだと花は胸を熱くした。

ある日の使いのとき、浅原神社に寄って「早く花火を打ち揚げられますように」と手を合わせた。

その帰りのことだった。

「てめえ、なめんじぇあねえぞ」

「やっちまえ」

激しい怒号が聞こえた。新屋敷の源二郎川の近くだった。

見ると「古川花火」の次男文三と職人の三人が六人の男に囲まれていた。

相手は「佐藤花火」の職人たちだった。「古川花火」の次にできた新興花火屋で対抗意識が強く、何かといざこざがあった。中心にいるのが眼つきの鋭い三〇過ぎの職人頭、治平だった。花も何度か見たことがあった。

身構える文三も血の気の多い、負けん気の二〇歳の若者だ。

小千谷に花火の材料を買いに行った帰り、「佐藤花火」の連中とすれ違った。

「おっ古川花火さん、おめえらの花火は面白くねえ。子どもだましみたいなもんだ」

一人が憎々し気に言う。

「何だと」

文三は両の拳を握る。

「怒ったか。怒れ、怒れ」

挑発に乗るまいと耐える文三。

「腰抜け文三」

別の一人が言い放った。

文三は我慢を抑えきれない。

「来るなら来い、かかって来い。腰抜けはそっちだろ」

子どものころから暴れん坊で度胸もあった。喧嘩で負けたことはなかった。

「言いやがったな。その腕へし折って花火を作れないようにしてやる。かかれー」

治平の声だ。

半纏に股引き姿の九人が入り混じって乱闘か、と花は怖くなった。

すると文三が仲間に言った。

「手を出すな」

「相手は六人ですよ」

文三が治平に怒鳴った。

「てめえ、一対一の勝負だ。さあ来い」

「何おっ」

文三と治平はにらみ合い、どちらかともなく手を出した。治平がいきなり文三の頬を張り、拳で顔面を打った。文三の身体がぐらりと傾いた。起ち上がって身をかがめ接近した文三が治平の腹と腰を蹴り上げた。治平はしばらく動けなかった。

二人はまた立ち上がってにらみ合い、声を上げながら組み合った。枯葉の上を呻きながら何回も転げ回った。

花は恐ろしさで息を吐くのもやっとだった。

事態は動いた。

二人を助けようと双方の仲間が入り乱れての喧嘩になった。

治平の側はいつの間にか手に手に木や竹の棒を持っていた。

「やっちまえ」

額から血を流し、顔をしかめた治平が号令した。

同じく頬や唇の血を拭った文三が大声を上げた。

「卑怯者！」

一触即発の気配だった。

そのとき――。

「やめてー」

花が叫んだ。

みな驚きの眼を向けた。

誰かがニヤニヤしながら口にした。

「花といったか、あんた捨て子なんだって」

花には一瞬、刻が止まったように思えた。

「こっちへ来て顔見せな」

「もう許せねえ」

文三と職人仲間三人は再び突っ込んで行った。

そういえば、一〇年ほど前の子どものころにも同じような場面があったと花は思い出していた。

「花は拾われてきたんだろ？」

村の悪道連中が喚《わめ》き、囃《はや》し立てた。花は下を向いてシクシク泣いた。

文三の顔は怒りで真っ赤だった。

「花は、好きで親と離れたんじゃねえ」

言うが早いか突進。ところかまわず力の限り殴りつけた。

子どものころから兄妹のようにして育ったかわいい花が辱《はずかし》められるのが許せなかった。

花も過去に触れられるのが辛かった。悲しさ、やるせなさで胸が錐《きり》で刺されるように痛んだ。

なぜ、なぜ私を置いていったの。私がそんなに悪い子だったの。私がそんなに憎かったの。

なぜ、どうして。「古川花火」に引きとられてからずっと小さな胸を痛めてきた。

家族と自分がどこに住んでいたのかも思い出せない、家族の顔もおぼろにしか覚えていない。まだ五歳だったんだもの。でもお母さんの優しい顔、あったかい胸、乳の匂いを忘れたことはなかった。

会いたい、一目でいいから会いたい。一度でいいからぎゅっと抱きしめてほしい。お母さん、母さん！


はっ、花の意識は眼の前の現実に戻った。

六対三では文三たちはかなわない。あちこちに傷をつくり、血を流し、ふらふらになっていた。

〈死んでしまう！〉

花は走った。棟梁に知らせるために走った。血相を変えて走った。

「棟梁、清二さん。大変です。文三さんが文三さんが…」

様子を伝えるとその場にへなへなと座り込んだ。

「またか、文三の大馬鹿者が」

急を聞いた職人頭の芳吉ら五人が新屋敷の源二郎川を目指して走った。

息せき切ってその場にたどり着いたときには双方力尽き、みな仰向けに倒れていた。

「治平お前も花火職人だろうが、二度とこんな真似するんじぇあねえぞ」

がっしりと大柄な職人頭の芳吉が、低い声でそう言うと治平はたじろいだ。文三の力も抜けた。

頭を押さえ足を引きずって帰り着いた文三は棟梁の前に座らせられた。

「花火を作る者が、懲りずに喧嘩などしやがって。いい花火が作れるわけがない。命を大切にしない者には花火師の資格はない」

文三は己を激しく打ち砕かれた気がした。ただ、黙って頭を下げるしかなかった。

文三は数日の間、ひどく落ち込み、家族とも作業場の職人とも誰とも話をしなかった。

「文三、しょげるな。喧嘩の体力気力を仕事に向けるんだ。頑張れば、お前はきっといい花火師になる」

兄の清二はそう励ました。

清二は背丈がすらっと高く、色白で優しかった。ただ、身体が丈夫ではなかった。

母のフミはこう言った。

「お父さんが厳しいのはお前のためだからね」

文三は家族の言葉に真摯に耳を傾けようと思った。

幾と花

東伯医師と幾は、旅籠「おぢ屋」の労咳の女中を幾度か往診した。行くたびに病状は悪化していた。その後どうしているだろう。気になっていたころ、いつかの妹格の女中がやって来た。

「先生。姉さん、もういけません」

「幾、用意しろ、行くぞ」

二人は旅籠へと急いだ。

患者は相変わらず薄暗い階段下の、隙間風の吹く冷たい三畳間に伏していた。頬も眼も落ち窪み、顔色は真っ白だった。

「どうだい？」

東伯の声が聞こえているのかどうかも定かではない。

東伯が手をとる。脈はとぎれとぎれに低下、呼吸も次第に切迫し、意識も遠のいているようだった。危篤だった。

「しっかりして」

幾が手を握ってやる。

患者は何の反応も示さない。

「かわいそうに」

幾は涙をこらえている。

そのとき、廊下を走ってくる足音がした。

「姉ちゃん、トシ姉ちゃん」

転がり込んできた女がいた。

「あっ」

幾は驚きの声をあげた。

「花ちゃんじゃないの」

「幾ちゃん？」

「さあ、こっちへ」

幾が花を枕元に連れた。

患者は花の姉だった。

トシの呼吸は停止寸前だった。

「姉ちゃん、生きて」

花が布団の上から覆いかぶさって叫んだ。

トシは最後に細く長く息を吐いた。そして、呼吸が止まった。

東伯が首を横に振り臨終を告げた。

花がすすり泣いた。

「家のためにさんざん苦労して…」

すすり泣きが号泣に変わった。旅籠中に響いた。

「花ちゃん」

幾が花の震える肩を抱き一緒に泣いた。

〈私にもっと医の知識と力があったなら花の姉さんの命を救うことができたのではないか〉

痛切な思いだった。

夕暮れの真っ赤な秋の夕陽が悲しかった。

第四章　冬　衝撃

そして四年が過ぎた――。

小千谷にひゅうひゅう木枯らしが吹いた。
霜が降り、雪の匂いが漂い始めた。
やがて雪をまじえた風が山々から吹き降りてきた。
吹雪は荒れ、村は瞬《また》く間に雪に埋め尽くされた。
長い冬がやってきた。

幾の巻

安永二年（一七七三）一二月初旬。
空気は張りつめ、さらさらと粉のような小米雪《こごめゆき》が降っていた。足元から寒気が這《は》い上がってくる。

幾は笠をかぶりカンジキを履いて山崎診療所から五智院に向かっていた。

雪はいつの間にか小米雪から綿雪に変わった。五智院は、杉木立も本堂も弁天堂も白い綿帽子をかぶっていた。雪のように白い花、雪椿の上にも積もった。雪椿は雪に耐えて健気に育つ。

小千谷は豪雪地帯。多いときには一〇尺（三九〇チセン）も積もるが、まだそこまでの積雪ではなかった。

五智院はその昔の慶雲四年（七〇七）僧泰澄が創建した寺で、船着き場に物資流通の市場が開かれた。小千谷町が発祥する要因ともなったと言われる。

その閑静な古刹《こさつ》の寺の庫裏《くり》の一室から子どもたちの元気な声が聞こえた。

幾は玄関先で笠の雪をふりはらうと訪いを入れた。

「女先生、お寒い中をご苦労様です」

坊守《ぼうもり》（住職の妻）が招き入れた。

「先生だなんて、私まだ」

〈代脈《だいみゃく》（助手）も満足にできないのに〉

幾は二二歳になっていた。

どこでも「女先生」と言われるようになっていた。

「どうぞ」

坊守が庫裏の隣の八畳間へ案内した。

寒い風が障子を鳴らしていた。

「あっ、女先生、幾先生だ」

子どもたちがいっせいに振り返った。

ここは親きょうだいを亡くした孤児たちが暮らす居場所「楽明寮」。

ちょうど手習いの最中だった。炭火の熾《お》きた大囲炉裏の周りに七歳から一〇歳までの、男の子四人と女の子五人が小さな机を並べていた。読み書き組と算盤《そろばん》組に別れて勉強していた。

「頑張っているわね」

幾は眺めていた。

しばらくすると子どもたちは悪ふざけやいたずらを始めた。隣の子をつつく、後ろから背中を叩く、両手で目隠しをする…。

「こらっ、静かになさい！」

優しく叱ったのは孤児たちの「母親」、ヒサだった。

「ごめんなさい、騒がしくて」

幾に顔を向けた。

「みんな、聞いて」

「ずっとむかしあったとさ」

ヒサは囲炉裏端で小千谷に伝わる伝説「真人《まっと》ムジナ」を語り出した。

真人村にとてもたくさんのムジナがすんでいて、人間にいたずらばかりしていた。

ある晩にはかね、たいこの音をたて行列を作って葬式を、またある夜にはけたたましく半鐘をならして火事だとだまして村人を困らせた。狭い田んぼと畑に苦労して米やトウモロコシを作ってもムジナどもがことごとく荒らしまわった。代官所からムジナ退治に来てムジナの住む穴に煙を放った。しかし一匹も出てこなかった。以来ますますいたずらはひどくなった。

子どもたちは神妙な顔で聞き入っていた。

「あなたたちムジナじゃないわよね」

なかには正座するいたずらっ子もいた。

昔話の上手なヒサは、実は三年前の流行病で夫と息子娘の三人を失っていた。嘆き悲しみ、三人の後を追おうとさえ思い詰めた。生きる希望のないどん底の日々だった。

そんなある日、村の小さな地蔵堂の前を通りかかった。

悪童たちに罵《ののし》られている女の子がいた。

「きたねえな、親なしっこ子は」

「ここに住んでいるのか」

石を投げつけようともした。

女の子は両手で頭を覆《おお》い、泣きながら身を守っている。

「なんてことを」

ヒサは彼女に覆いかぶさった。

「やめなさい！」

悪童たちは突然の出現者に驚いた。

「石をぶつけるなら私にぶつけなさい。さあ、ほらっ」

両手を広げて立ちはだかった。

男の子たちは恐れをなして逃げて行った。

「どうしてここに？」

眼に涙をいっぱいためてその子は話しだした。

「あのね、あの。父ちゃんも母ちゃんも兄ちゃんも、みんな死んじゃったの」

「どうしたの」

「病気だったの」

「そうなの」

「親戚の家に預けられたんだけどね、追い出されたの」

ヒサの胸は、きりきりと痛んだ。

たぶん、両親や兄は麻疹か コロリか疱瘡か流感などの流行病だったに違いない。境遇があまりにも自分に似ていた。

「辛かったね、悲しかったね」

この子に何の罪があろうか。幼い身体を抱き寄せた。

「もう大丈夫だからね」

女の子はヒサの眼をじっと見、胸に頭を埋めてきた。

親のないこの子のために子を亡くした私が精いっぱい生きて行こう。ヒサはそのとき決意したのだった。

それがヒサと香代の出会いだった。

ヒサは六歳の香代を引き取って暮らし始めた。機織り、縫物、手内職をしながら育てた。安心して笑顔も見せるようになった香代が言った。

「お母さんと呼んでいい？」

「いいよ、私は香代のお母さんだからね」

「お願いがあるの」

「何でも言ってごらん」

香代はもじもじしてなかなか口を開かなかった。やがて、

「あのね、あの」

「なあーに」

「私だけが幸せになっていいの」

「えっ？」

ヒサは言葉を待った。

たどたどしい香代の話は、こういうことだった。

香代が親戚から追い出されて小千谷の町をあちこち歩いていたころ、同じような境遇で親きょうだいを亡くした子たちと知り合い、村外れに体を寄せ、励まし合っていた。両親を病気で亡くした子、他家に預けられ逃げ出した子、火事で一人だけ生き残った子、親に捨てられた子もいた。今、みんなはどうしているだろう。

「みんなを助けてお母さん」

「かわいそうにねえ」

ヒサは涙ぐんだ。

話を聞いたヒサは、また一つの決意をした。

もはや自分一人では救い切れない。誰かに厚い力添えをお願いするしかない。

頭に浮かんだのが五智院の坊守だった。ヒサの願いに深くうなずいた坊守は住職に伝えた。

住職は費用の援助も快く引き受けてくれた。こうして庫裏の一室に実現したのが孤児たちの居場所「楽明寮」だった。

楽明寮の命名は住職だった。このころ「寮」は殿様をはじめ富裕層の別邸のことだった。しかし、住職はあえて最も貧しく恵まれない子どもたちのためにそう名付けた。お上に諂《へつら》わない反骨精神の住職は人々に親しまれ敬愛されていた。

「ありがとう、お母さん」

香代は喜んだ。

〈血のつながりがなくても母になれた〉

ヒサは嬉しかった。


医師東伯と幾は、子どもたちの診察に度々来ていた。

楽明寮が出来たばかりのころは、どの子も痩せこけて青い顔をし、動きも緩慢《かんまん》だった。だが、栄養を考えたヒサの食事づくりや規則正しい暮らしのなかで次第に健康を取り戻していた。

「女先生、幾先生」

子どもたちは優しい幾に懐《なつ》いた。よほどの大病でない限り楽明寮の往診は東伯ではなくいつしか幾の担当になっていた。

手習いが終わるころ、香代が声をかけた。

「先生が一人ひとり診てくれるからね。順番よ」

しっかり者で気遣いのできる香代が楽明寮の寮長だった。

今日は定期の診察だった。

「では、駒吉くん」

駒吉は神妙な表情で丸椅子に座った。

幾が駒吉の手首の脈をとり、胸の音を聴き、口の中を覗き、まぶたをあげて眼を診た。

「大丈夫、異常なし。次、アキさん」

次々と男の子四人、女の子五人が終えた。

「いい、みんな。寒いからといって縮こまっていてはだめよ。身体を動かさないとね」

幾は屈曲伸展、腕伸ばし、片足立ちを自分でやって見せ、促した。身体の柔軟な幾を驚きの眼で見ている。

「女先生、すげえ」

「さあ、やるのよ」

輪になって始める。

「くっ」

「痛ぇ」

などと騒ぎ立てながら楽しそうに身体を動かしている。

そんな子どもたちを、「母親」ヒサは眼を細め、時々拍手もし、感慨深そうに見ていた。

東伯の山崎診療所は患者が多かったが、貧乏人ばかりだった。薬礼を払えず粟《あわ》や稗《ひえ》を持ってきては頭を下げた。白米などは年貢に納めても自分たちは食べることができなかった。野菜をぶら下げてくる百姓もいた。

東伯は薬礼を受け取らなかった。だから妻の七未がどうやり繰りしても家計は火の車だった。

「もう生薬も買えなくなりますよ」

七未は手を合わせんばかりだ。

「すまん。だがのう、薬礼が払えないために医者にもかかれないとなったら軽い病気も悪化させてしまう。やがて死に行くことになる。患者は病と貧しさの両方を背負って苦しんでいるのだ。医者は命を助けることが仕事だ。手をこまねいて見ていろというのか」

隣の部屋にいた幾の耳にも聞こえた。幾はこの言葉を忘れまいと思った。

「そうはおっしゃっても…」

七未の声は小さい。

「分かっておる。人をみて貰えるところからはたっぷりと薬礼を貰う」

そんな患者が何人かいた。

小千谷縮の仲買業・亀屋の若旦那、弥平もその一人だった。縮織りは盛んで小千谷、十日町、堀之内に縮市が立つほどになった。亀屋もそうしたなかで、のし上がってきた新興商人だった。手代、下男下女などの使用人を抱えていた。ときにはあくどい阿漕《あこぎ》な商売もしていた。

弥平は金にまかせて放蕩三昧《ほうとうざんまい》、仕事に身が入らなかった。どこともなく幾日か消えると、行く先は大抵いつも小千谷から遠く離れた他の町の華やかな歓楽街や遊郭だった。

亀屋の手代が山崎診療所に往診依頼に来たのは一か月前だった。

東伯は助手の幾を連れて亀屋に向かった。

弥平は広い寝間の厚い布団に伏せっていた。

眼がくぼみ、頬がこけ、耳も遠い。大きな声を出さないと聞こえないようだった。

「どこが痛みますか」

胸を開け、腹部、手足、背中を触れながら問診を始めた。

横で幾が症状を覚書帖に書き留めていく。

骨や関節が痛い、手足が思うように動かない。それだけでなく皮膚や筋肉などに腫《は》れものができている。内臓や脳にも障害が起きているに違いない。

東伯が幾を振り返って小声で言った。

「この病を診立ててみな、分かるか」

しばらく考え込んでいた幾が、東伯の耳へ口を寄せた。

「梅毒、だと思います」

「ふむ、そうだ」

東伯がその旨を弥平に告げると、ぎょろりと眼を見開いて二人を見た。

「……………」

なんの返答もなく、観念したかのようにうつむいた。

梅毒は後に『解体新書』を著す杉田玄白が「梅毒ほど世に多く、しかも難治にして人の苦悩するものなし」と嘆いたほどの病だった。

弥平は声をふり絞って哀願した。

「女遊びが過ぎた。助けてくれ。まだ死にたくない。金ならいくらでも出す」

「ちと薬礼が高くつくが」

「かまわん」

「条件がもう一つ」

「何でも聞く」

「わしは忙しい。次からはこの幾が往診にくる」

幾は仰天した。若い女の自分が梅毒患者を診るなんて。

「はあ、女の代脈（代診）か。いくらなんでも、それはちょっと」

「では他に頼んでくれ。幾、行くぞ」

最初に来た医師もその次の医師も手に負えないとみたか匙を投げ、次からの往診を拒んだという。

「ま、待て、分かった、分かった。代脈でもいい」

こうして幾が亀屋へ定期的に行くことになった。大役である。

珍しく渋る幾に東伯は言った。

「梅毒患者であろうと命は命だ。どんな命も救うのが医者だ」

梅毒は治療法がみつからない病だった。オランダから輸入した水銀剤療法は副作用が強かった。民間療法としてはユリ科の植物、山帰来を煎じた薬が用いられた。効き目は芳しいとは言えなかった。

幾は弥平のために丁寧な診察を続けた。てきぱきと明るく熱心な仕事ぶり、不安を取り除くおだやかで優しい物言い。

〈女に何ができるか、そう思っていたが。わがままな話でもよく聞いてくれる〉

弥平の態度が変わりつつあった。

幾は弥平に山帰来を処方する一方、温泉が梅毒の治療に効果があるということを聞きつけ、つてを頼って調べ始めた。温浴は後藤艮山もその効用を説いてきた。艮山は窮民のために苦労して医師になった清貧の人だった。

薬草蒸気風呂で発汗させる方法で、スノコの下の五右衛門釜に薬草を入れる全身薬浴や局所薬浴があった。保温性浴料とされる生薬を入れて血行を促進し、内分泌に有効というものだった。

「それはいい」

東伯も手を打った。

幾は弥平に温泉療法を勧めた。

「治るものなら、女先生が言うこと何でもやる。で、どこの温泉がいいんだい」

弥平は嬉しそうに聞いた。

「蓬平《よもぎひら》温泉が一番いいかと」

小千谷から五里（二〇キロ）の歴史も古い名湯。その昔、名将楠正儀（正成の三男）の家臣高野木民部永張が傷を負い山中にさまよっていたときに龍神が現れて霊泉のありかを教えてくれたのでその場所へ行くと白い泉が湧き出ていたという。豪雪地帯に生きる村人たちはこの伝説にあやかりたいと高龍神社を建てて守り続けてきた。

「そうか、早速行くぞい」

弥平は下男を一人連れ、蓬平温泉へ旅出た。

二人は降り積もる雪の中を蓑笠、カンジキ姿で、雪かき人を一人雇って用心深く歩きに歩いた。

蓬平温泉に病躯をゆったり伸び伸び浸し、滋養のある食い物にも金を惜しまなかった。

一週間、一〇日、一か月。弥平は帰る度に血色もよく、足腰も丈夫になり、食欲も出てきて元気を取り戻していった。不思議、奇跡としか言いようがなかった。

薬礼は東伯が予想したよりはるかに多かった。

弥平は、うずうずとまた歓楽街や遊郭への誘惑にかられているようにも見えた。

「いけません、絶対に。これまでのことが無になります」

幾は「うるせえ」と喚き散らされることを覚悟で厳しく諌《いさ》めた。

「分かった、分かった」

幾の顔を真っすぐ見つめて頭をかいた。

こうして弥平は亀屋の帳場にも座るようになった。

そんな弥平の姿が町家の人々の眼についた。

「よくまあ、元気になられて。特効薬でもあったんですかい」

聞かれるたびに弥平は答えた。

「山崎診療所の女先生のおかげでね。ありがたいことよ」

話は広く伝播し、幾はたちまち小千谷中の評判になった。

山崎診療所はさらに患者が増え、忙しい毎日が続いた。

一方、弥平が梅毒と知り手に負えないとみて往診を拒んだ町医者や堕胎専門の「中条流」女医からもさまざまな声が上がった。幾への妬《ねた》み嫉《そね》み、羨《うらや》ましさ、腹立たしさの言葉だった。

「女だてらに。にわかには信じられん」

「素人の娘っ子に何ができる。たまたま、何かの間違いだ」

女だてらに、女のくせに。それは平然と当たり前のように言われていた。

江戸の町には、こんな落書きもあった。


女が脈をとる末世かな、医者は女のすべきものに非ず

〈なんてひどいことを。世の中の半分は男、半分は女。女に生まれた責任が私たちにあるというの？　女の身体のことは女にしか分からない。医の世界には女にしかできないことが必ずあるはず。命を救う側に男も女も、身分もない〉

幾は悔しさと悲しさを抑えることができなかった。

そんなときのことだった。

「女先生！　香代が、香代が…」

山崎診療所に楽明寮の母ヒサが駆け込んできた。

「幾、行って診てやれ」

東伯が準備をさせた。

雪道を幾とヒサが急ぐ。

道々、香代の症状を聞く。

高熱が四日ほど続いて下がらず、咳がひどく、食欲もなく、頭痛激しく、ぐんなりしているという。幾は頭の中で病名をあれこれ考える。が、ともかく本人を診なければ分からない。

楽明寮では子どもたちが寮長の香代の布団の周りに心配そうな顔をそろえていた。

「香代ちゃん、どお？」

幾が香代の額に手を当てる。驚くほど熱い！　身体が異常に火照っている。額に置いた濡れ手拭いがすぐ熱くなる。真っ赤にさせ喘いでいる顔のかしこにぶつぶつ発疹が見えた。

「盥に雪を。手拭いを冷たくしてせっせと取り替えましょう」

ヒサが外へ出た。

なおも幾は身体のあちこちを丹念に診ていった。

すると耳の後、頸部、顎の下あたりに発疹があった。さらによくみると上腕、足の大腿部にも広がっていた。

〈これは疱瘡に違いない〉

幾はそう診たてた。

当時、「麻疹は命定め、疱瘡は見目定め」とも言われた。麻疹は命の危機にあり、疱瘡は痘《とう》痕《こん》を残して見た目が悪くなるという意味で、恐ろしい病気だった。死因の第一位で、その七割近くが乳幼児だった。女子が痘痕になったら一生不縁になって結婚できず、失明したら盲目の旅芸人瞽女《ごぜ》になるしかなかった。有効な治療法はまだ見つからず〝疱瘡神〟に祈るしかないとも言われ、疱瘡封じの絵が売られていた。

やっと、お母さんと呼べるヒサに巡り会えて、これから幸せになってほしいと思っていた矢先。香代を何とか救いたい。生きてほしい、生かしたい。

「ヒサ母さん、香代ちゃんを他の部屋に隔離しなければなりません」

五智院の住職と妻の坊守も駆けつけてきた。

楽明寮から離れた庫裏の一部屋に香代を移した。

「香代ちゃん、大丈夫だからね」

幾はいったん、山崎診療所に戻り、東伯医師の指示を仰ぐことにした。

「ふーむ」

東伯は腕を組んだ。

このころはまだ疱瘡の有効な治療法はなく、患者の体力・生命力で自然回復を待つしかなかった。手に負えないとみて診察を断る医者も少なくなかった。

「幾、出来るだけのことをしよう」

疱瘡は発疹期から小疱、膿疱期を経て、瘡蓋のできる期へと移る。悪性肺炎などの合併症の恐れも強かった。感染力が強く、数十年に一度大流行、死に至る病と言われた。

仙台藩の独眼竜伊達政宗も幼少時に疱瘡で右眼を失明、将軍徳川家光は病弱だったが疱瘡を克服した。東伯は幾を往診に伴い、そんな話もして励ました。

水分を十分とらせ、ヒサに東伯からだと金を渡し滋養のある物を食べさせた。

解熱・解毒に効くといわれる忍冬《にんどう》を湯で煎じて膝や足を何度もあたためた。また、効能の高低はともかく赤牛の歯を粉にした薬も試した。さらに金龍散や雑腹蘭、幾那防腐飲なども処方した。いずれも高価な薬だったが、惜しまなかった。

幾は隔離された香代を度々往診した。

「香代ちゃん、楽明寮のみんながね、頑張れよって」

「早くよくなってみんなと遊びたい」

「寮長の香代ちゃんがいないと喧嘩が絶えないそうよ」

「きっと甚太でしょ。でも、悪い子じゃないのよ。親に捨てられて可哀そうな子なんだから。楽明寮の子たちが村の悪い童たちにいじめられていたとき甚太が身体を張って守ってくれたの」

両親と兄を流行病で亡くして独りになった香代はそう言って涙ぐんだ。幾は香代の小さな細い肩を布団の上から優しく抱いた。

香代の病状は一進一退から次第に死へ近づいていった。

「がんばれ、負けるな香代ちゃん」

幾は二日にあけず往診に訪れた。

脈をとる。消え入りそうに弱く、しかも速い。呼吸は不規則になり、口を開け喘ぐようになり、唇や指先が紫色になった。

ヒサが香代の冷たい両の手を懐に入れて励ました。

「香代、頑張るんだよ。春がきたらまた山菜取りへ行こうね」

眼が濁り、眠っている時が長くなった。

目覚めると「お母さん、お母さん」と叫んだ。

「お母さんは、ここにいるよ」

ヒサが手を握る。

「お母さん、お母さん」

意識が混濁しているようだった。

「香代にとっては、やっぱり死んだ生みの母親がほんとのお母さんなんだね」

幾がヒサに首を横に振った。

「そんなことはありません。ヒサさんこそお母さんですよ」

「私をお母さんにしてくれてありがとう」

ヒサは香代の顔を愛おしそうになでた。

昼がきて夜がきた。

翌日。東伯も駆けつけてきた。

香代の呼吸は切迫していた。意識も薄らいでいた。

離れた庫裏の一室から童歌が聞こえてきた。

かごめ　かごめ　籠の中の鳥は

いついつ出やる　夜明けの晩に
鶴と亀と滑った　後ろの正面だあれ

楽明寮の仲間の子たちの歌声だった。

香代に聞こえているのかどうか。

歌は続いた。

とうりゃんせ　とうりゃんせ
ここはどこの　ほそみちじゃ
てんじんさまの　ほそみちじゃ
ちょっと　とおして　くだしゃんせ

しばらく後、歌声は呼びかけに変わった。

「香代ちゃん、頑張れ」

「ひとりで行くな」

「また一緒に遊ぶって約束したじゃないの」

幾とヒサは枕元で眼を真っ赤にして香代の顔を見つめた。

まだ、耳は聴こえていたのか、嬉しそうに微笑んでいるように見えた。

一度、長い一呼吸すると香代の呼吸は静かに止まった。

東伯が顔に耳を近づけ呼吸を確認、脈をとり、瞳孔を閉じた。

首を振り、幾とヒサに臨終を告げた。

清い安らかな死に顔だった。

急を知った五智院の住職と坊守も枕元に座った。

誰からともなく泣き声が起きた。

「香代、また会おうね」

ヒサの背中が小刻みにふるえ、すすり泣き、やがて嗚咽した。

幾も部屋の外に集まった楽明寮の子たちもみな泣いた。

幾が子どもたちの前に出た。

「ごめんね。女先生、香代ちゃんの命を救えなかった」

甚太が涙声で叫んだ。

「なんで。絶対助けてって頼んだじゃないか。大丈夫だって言ったじゃないか」

「そうよ」

「女先生の嘘つき」

幾は、ただ頭を下げ黙って聞くしかなかった。

東伯が幾の肩に手を置いて、とりなすように言った。

「幾はよくやった。でも、今の世では疱瘡に対して医はまだ無力だ。どうすることもできない。止むを得んことなんだよ。お前の責任ではない。やがて必ず治せるときがくる、朝が来ない夜がないようにな」

だが、子どもたちの言葉は幾の胸に突き刺さった。

幾は香代の死後、自分の無力さ加減に悲しさと腹立たしさを覚えた。

「大丈夫だって言ったじゃないか」

「女先生の嘘つき」

あの言葉が耳から離れなかった。

〈子ども一人を救うことができない。先生と呼ばれるほどの知識も力もない。本格的な医の勉強がしたい〉

その直後、寝たきりだった父が息を引き取った。幾度か帰って手を尽くしたが、やはり何の力にもなれなかった。村一番の働き者で、末っ子の幾にはことのほか優しい父だった。父に代わって兄とともにきつい百姓仕事をしてきた母も年老いてひと回り小さくなった。母の命も心配だった。

〈女だてらにと言われようが何と言われようが、一人でも多く人の命を救える医者になりたい〉

幾は痛切に思った。


このころ越後の医療、医学は――。

安永一年（一七七二）新発田藩は薩摩藩や肥後藩などに習い、医学館を創立。医師の養成・研修を実施し、医療技術や薬学の研究も行った。

前後して南魚沼地方では六日町の高松升庵や塩沢村の青木周斎などが名医として知られていた。

幾が師と仰ぐ山崎東伯は時代の医学に敏感だった。

若いころ〝守農大神〟といわれた東北の町医者・安藤昌益に強い影響を受けた。安藤が宝暦三年（一七五三）に刊行した『自然真営道』は、士農工商の身分制度を否定し、「生命における平等」を説き、万人が耕す自然世を理想としていた。当時としてはにわかには受け入れ難いほど新しい考え方だった。医者にもかかれず命を落とす小千谷の民百姓の困窮ぶりを目の当たりにしている東伯にとっては「医とは何か」を考えさせる契機になった。

新発田藩が医学館を創立した二年後の安永三年、江戸では画期的な出来事が起きた。新潟からいち早く伝えに来たのは、修業時代の友人で情報通の秀哲だった。

「知っているか？」

「何を」

「いや、凄いことだ」

「だからさ、何が」

「『解体新書』だ、『解体新書』」

それはこの国最初の解剖学の解説と図鑑だという。『解体新書』は杉田玄白や前野良沢が、オランダ人が長崎の出島に持ち込んだ『ターヘル・アナトミヤ』を四年がかりで翻訳したものだった。人間の身体の中の内臓や筋肉、骨格などが詳しく書かれていた。千住小塚原で処刑された囚人の腑分け（解剖）に立ち会った玄白は解剖図の正確さに驚いたという。

お茶を入れに来た幾も傍で釘付けになって聞いていた。

〈腑分けまでして…〉

その強い意志と情熱に圧倒されるようだった。

「東伯、これからは蘭医学（西洋医学）が漢方医学（東洋医学）にとって代わるかも知れんぞ。我々も勉強せんとな」

秀哲は言った。

「ふーむ」

東伯は幾の顔を見てうなずき、腕を組んだ。

幾はある一つの決意をした。

花の巻

片貝の里に雪が降っていた。

白と黒の静寂の墨絵の世界だ。

夜は冷えた。地面の凍りつくミシミシという音が聞こえた。仰ぐと空を覆うように星々が輝いていた。

〈あの星たちの色、形、無音の音。冬の花火を揚げてみたい〉

花は「古川花火」の軒先でひとり飽かずに空を眺めていた。

ときおり静けさを裂いて周りの杉や松の枝から雪が滑り落ちた。

一面の白い雪に、花は先代棟梁の市助から聞いた遠い昔の話を思い出していた。

「赤い雪が降ったというんだ。うんと昔の平安の世だ。源頼義が東夷討伐に向かう途中、越後・魚沼で猛吹雪にあい、軍勢が千余人凍死した」

古い記録にそのとき「紅雪降る」「越後北蒲原、佐渡に紅雪降る」と記されていたという。

「一面の赤い雪にみな驚いた。この世のものとは思えないその美しさに、一方で異変の寒冷、凶作、飢饉の前兆のしるしではないかと。それにしても赤い雪とはのう。見てみたかった。花、そう思わんか」

〈大地の赤い雪。天空の月や星、七色の虹。それを花火にできたらどんなにいいだろう〉

花はため息をついた。

翌日。別の風景に花は眼を輝かせ、また、ため息をついた。

田んぼや原っぱなど平らな場所の雪の上に敷かれた幾枚も幾枚もの麻布。映える緑、青、紺、黄、紫、桃色…。小千谷縮の雪晒《さら》しである。晴れて雪の表面が凍り、空気が澄み渡り、雪上に汚れがない日を選んでの仕事になる。

「雪ありて縮あり、雪こそ縮の親と言うべし」

『北越雪譜』を著した越後縮の仲買人で文士でもあった、鈴木牧之もそう書き残している。

冬の厳しい時期に糸を紡ぎ、手織りで丹念に織り、染められた麻糸は、雪上に晒らされることで漂白される。白地はますます白くなり、色柄がますます鮮やかになる。

〈なんて綺麗なんだろう。花火に写せないものだろうか。冬の花火はきっと鮮やか。澄んだ色彩が空と地と人をつなげるだろう〉

花は二二歳になっていた。

何を見ても花火作りの夢へつながるのだった。

細面できりっとした目鼻立ち、口元が小さく、ふっくらとしなやかな体つき。素直だがどこか少年のような振る舞いを残していた。それは男だけの花火職人のなかで生きていくために身に着けた処世だったのかも知れない。


花火作りに適しているのは春先から梅雨前の五月ころだが、営々と冬でも行われていた。花火職人の本当の腕の見せ所は派手な打ち揚げよりも地味な製造だとも言われた。

花は今日も男所帯の家事をこなし、作業場の板の間に立った。

棟梁清太郎、息子の清二と文三。住み込み職人、通いの男たちもいた。半纏、股引、腹掛け姿で忙しく働いていた。花も半纏を与えられ嬉しくて仕方がない。袖に腕を通し、襟元をパリッと叩く。

板の間にはたくさんの部品が並べられていた。外は寒いが乾燥させるためには空気の乾く冬場が適している。

朝から花火の「星」作りが始まっていた。冬が最盛期の作業だった。

「大事な仕事だ。いいか、気合を入れてやれよ」

棟梁の声が飛ぶ。

「星」とは光や煙を出しながら燃えていく黒い火薬の粒。発色剤、助燃剤などを混ぜた「和剤」に糊を入れて固める。ただ固めるのではなく和剤によって小さな核（芯）を作り、それに粉状の和剤（掛け星）をまぶして乾かし、乾かしてまぶすという作業を繰り返して大きくしていく。

「これが実は花火の主役なんだ」

清二が花を振り返って言った。

打ち揚げ花火の華やかさに憧れてきた花。その陰にはこうした苦労の多い地味な作業の繰り返しがあることを身体に叩きこまなければならないと思った。

「芯」作りの後は、糊を加えて汁粉状にした薬泥によって仕上げ、それをさらにまぶして乾かし、乾かしてはまぶす。

来る日も来る日もその繰り返しだった。

「単純作業だといって手をぬくな。一つひとつ完璧に仕上げるかどうかだ」

職人頭の芳吉が皆の手元を見て言った。

隣りの乾燥場の小屋は、日ごと「星」の数が増えていった。

二回り（二週間）から一か月かかる気の遠くなるような仕事であった。

花火の一瞬の耀きを生み出すまでには職人たちの手間暇と長い歳月がかけられていることを花は思った。

ある日の午刻、棟梁清太郎の幼馴染の亀吉が訪ねて来た。

「おお亀吉、どうだい商売の方は」

亀吉は小千谷縮を買い集めて江戸へ売りに行ったり来たりの行商人。

「まあな」

久しぶりに見る亀吉は、貫禄もつき自信にあふれて見えた。

小千谷から江戸は六〇余里と遠い。亀吉は健脚、一日一〇里は歩く。途中、何日か宿に泊まり、明け方に出発し、また夕暮れに次の宿に到着。そうこうして十数日の旅になる。ようやく江戸に着いて、一か月から二か月滞在することになる。

小千谷縮の売買は売り掛け方式なので代金の回収には苦労しているようだ。縮の販売は七月中旬ころから始まり、代金回収は翌年の冬二、三月までにもなる。今がその時期だが、亀吉は一度戻って来ていた。

度々行き、いろんなところに出入りしているから、江戸の様子、世情に明るい。

「亀吉よ、江戸の花火の話をしてくれ」

声を聞いて長男の清二もやって来た。

「私もいいですか」

花も傍に坐った。

亀吉は熱い白湯《さゆ》を啜りながら話しだした。

「そうさなあ」

「両国の川開きを知っているな。八代将軍吉宗が前年の大飢饉とコロリ病などの悪疫の流行で亡くなった数万人にも及ぶ死者の霊をなぐさめるために隅田川で水神祭りを行った（享保一八年・一七三三）のが始まりだと聞いている。今から四〇年前のことだ」

「それは知っている。で、今は？」

「花火は江戸の大人気だ」

亀吉は眼に浮かぶように話してくれた。

パリパリ
ドーン、ドーン
ダダダダ、ドーン
ザッー、バラバラ

流星、立花火、打ち揚げ花火。間断なく夜空に大輪の鮮やかな花を咲かせる。

「かぎや！　かぎや！　たまや！　たまやー！ってなあ」

見物客の興奮、かけ声、どよめき、ため息。

初代鍵屋の篠原弥兵衛は大和国から江戸へ出てきて鍵屋を創業した。後に鍵屋の番頭清七が分家して玉屋を名乗った。鍵屋と玉屋の二軒で両国の川開きで打ち揚げる花火を担当した。花火の美しさを競い合い、人気を二分した。今や江戸の名物になった。

「それはそれは見事なものでな。片貝の花火も江戸に見習わんとな」

「うーん」

と清太郎。

清二は眼を見張り、亀吉の方に膝を寄せた。

「江戸もそうだが…」

亀吉は知識が広く、物知りで知られている。

「もともと花火の誕生には徳川家康公が関わっていたということだ」

「家康公が？」

亀吉の話によると――。

徳川家康が幕府を開いた後、武器弾薬の元になる火薬の製造を禁止した。だが、三河では火薬の扱いを許可し、製法を受け継がせた。その後、手筒花火が作られるようになった。岡崎の菅生神社の火煙祭で本格的な花火が使用されるようになり、菅生川原で五寸、一尺の花火が打ち揚げられた。

「東海道の発達とともに、やがて諸国に三河花火の名をほしいままにしたということだ。岡崎では今も花火作りが盛んだ」

聞いていた清二は眼を輝かせた。

〈江戸の花火も見てみたい。しかし、花火発祥の地で一から勉強をしてみたい〉

亀吉の口元、顔を食い入るように、睨むようにじっと見つめた。

「どうした清二。何か悪いこと言ったか?」

亀吉はいささか戸惑っている。

清二は清太郎に向き直って言った。

「棟梁、親父、俺を岡崎に修業に行かせてくれ!」

「ああ?」

清太郎は唖然とした。

「江戸より遠いんだぞ」

「分かっています」

「お前がいなくなったら古川花火はどうなるんだ」

「文三がいます。花もいます。職人たちがいます」

「無茶を言うな」

「江戸にも岡崎にも負けない花火を作りたいんです。そのためにはどんな苦労をしてもいい」

普段はおとなしく感情をあまり出さない清二が顔を真っ赤にして訴えた。

「棟梁、行かせて下さい。お願いします」

翌日も、翌々日も両手をついた。

一方で亀吉が江戸へ発つ前にと幾度も訪ねた。

「岡崎のこと詳しく教えて下さい。誰か知っている人はいませんか」

亀吉もたじたじの体だった。だが、清二の思いが本物であることをみてとった。

古川花火の座敷に清太郎と真向い、仲介に入った。

「本人の決意は変わらん。ますます募るばかりだ。俺がひと肌ぬぐ、どうか岡崎へ修業にやらせてくれ」

清太郎もとうとう首を縦に振った。

亀吉は岡崎から江戸へ来ている昵懇《じっこん》の商人と文のやり取りをして修業先を見つけてくれた。

「ありがとうございました。恩にきます。頑張って修業してきます」

清二は畳に両手をついて頭を下げた。亀吉と清太郎の顔を仰いだ清二の表情は晴れ晴れとしていた。

それから間もなくして清二は旅立つことになった。

越後から岡崎は遠い。信州路を経て長の旅となる。

清二は早朝、清太郎や文三、花、古川花火の職人たちと水杯を交わして発った。

「必ず腕を磨いて戻ってくるんだぞ」

清太郎の言葉を合図に皆が手を振った。

「身体にはくれぐれもお気をつけて」

花は一際《ひときわ》大きく振った。

粉雪が舞う空の下、手甲・脚絆、笠姿の清二は遠ざかって行った。


清二がいなくなった古川花火はポッカリと穴が空いたようだった。静かで寡黙な男だが棟梁とともに職人を束ねる存在だったと誰もが思った。

「清二が抜けた分まで頑張ってくれ」

棟梁清太郎の威勢のいい声が仕事場に響いた。だが、その清太郎は近ごろ身体を弱くしていた。

板の間では割薬作りが続いていた。

割薬（火薬）には玉皮を爆砕することと、空中で花火を割り、星（花火が破裂したときに色や煙を出しながら飛び散る火薬の粉）を遠くへ飛ばす二つの役目がある。その粒は星よりさらに小さい。

「破裂が強ければいいってものではない。花火の均整の綺麗さを損なってはいけない。職人一人ひとりの勘と腕だ。いいな、作治」

職人頭の芳吉が言う。

勘と腕と言われても、新入りの作治は分かったようで分からなかった。

〈勘って？　よほど長い経験と努力が必要なのだわ〉

花も、ためらい気味の自分の手元を見た。

文三も芳吉の眼を見てうなずいたが、しかし、ゆったりと手を動かしていた。

兄清二の留守の間は任せとけという強い気持ちが芽生えていた。

「花、しっかりやれ。そのうち分かってくる」

「はい」

気を引き締めて割薬の小さな粒を一つずつ丁寧に拵《こしら》えた。

文三は時々、小千谷へ出かけた。酸化剤や可燃剤、色火剤などの花火の原料を手に入れるためだった。

ある日、船着場から旅籠や船宿が並ぶ下タ町の急坂の階段を上っていた。薄っすらと雪もあり深沓《ふかぐつ》を履いていても、よほど気をつけないと滑って転ぶ。雪国育ちで雪道を歩くのは慣れているとはいえ、坂道は危ない。

古くから続く料亭「東忠」を過ぎて眼を上に移すと、うずくまって、あえいでいる若い女がいた。

「どうしました？」

「足を……」

どうやら転倒して足をくじき怪我をしたらしい。血が幾筋も流れている。

「ううっ」

痛そうだ。

「大丈夫か」

髪は乱れ、寒さもあって歯を鳴らしている。

文三は懐紙で血を拭い、手拭を裂くと傷口を縛った。

「ありがとうございます」

渋い色目の縞の着物に明るい帯をつけて、どこかあか抜けている。目鼻立ちの整った顔をしている。百姓の女ではないな、と文三は思った。

そういえば坂を上り切った近くに診療所があったはずだと思いついた。

「歩けるか」

「は、はい、なんとか」

「肩につかまってゆっくり一歩一歩、そうだゆっくりゆっくり」

抱き抱えるように細心の注意をはらって歩いた。間違えたら二人もろとも急階段を転げ落ちる。

若い女の息遣い、柔らかな弾力のある身体、ほのかな香水の匂い。文三は長くこのままであったらと顔を赤らめたりした。

やがて診療所が見えた。「山崎診療所」の看板がかかっていた。

「お願いします」

患者が混んでいるようで返事がない。

「先生、お願いしまーす」

しばらくして女先生の幾が現れた。

「まあ、血が…。さあ、こちらへ」

幾が文三に代わって女に肩を貸して診察部屋へ向かった。

「先生、あとはよろしくお願いします」

「あなたは？」

「たまたま通りかかったらこの人が怪我をしていたのでお連れしました。俺はこれで」

「ちょっとお待ち下さい」

女が声をかけてきた。

「おかげで助かりました。お名前をお聞かせ下さい」

「片貝の古川花火の文三というんだ」

「古川花火と言えば、花ちゃんのいる？」

と驚き顔で幾。

「そうです。花をよくご存じで」

「奇遇ですね。花ちゃんお元気ですか」

「はい。それはともかくこの人を…」

文三が言う。

「そうでした」

「用があるので俺はこれで」

「あの、私は二荒神社の水茶屋のミツと申します。本当にありがとうございました」

「いえ」

ミツの顔を見つめると文三は辞儀をして去った。

それから一〇日後、花火の原料を買いに再び小千谷にやって来た。

足の怪我は治っただろうか。文三はミツの様子をみて帰ろうと思った。

水茶屋のある二荒神社は山崎診療所のすぐ近く。左手に信濃川が流れ、向こうに越後三山が見えた。夏の祭礼には多くの見物客が訪れた。後に小千谷甚句も生まれ、唄われた。

　太郎や太郎　妙太郎天王　少し下ればお山の越だ
　石瀬岩室片町や山だ　前の濁川　泥鰌が住む

水茶屋は寺社の門前や道筋にあって湯茶を飲み一休みできる葦簀《よしず》張りの店。菓子や団子なども売っていた。どこの水茶屋も看板娘が売りで娘を目当てに通う客もいた。

「いらっしゃい」

ミツは参拝客相手に立ち働いていた。動きは上品だった。若い男が何やら笑いながら話しかけている。眼をそらしたミツが、

「あのときの」

文三を見つけ、小走りにかけよって来た。

「足はどうです?」

「すっかり治りました。その折はほんとに」

「それはよかった」

「さあ、こちらへ」

文三を椅子に座らせると店の奥に消えた。

ややあって店の主が出てきて、

「ミツが助けていただいたそうで、ありがとうございました」

ミツがお茶と団子を運んできた。

「どうぞ召し上がって」

「では遠慮なく」

二人は親しく話した。あっという間に刻《とき》が過ぎた。

黒々と優しそうな眼、少しかすれた声。仕事をしていても脳裏をよぎった。

それからというもの文三は度々ミツに会いに水茶屋に寄った。

「花火の原料がなかなか手に入らなくなってな」

などと言い訳して、用もないのに小千谷に通った。

職人たちのなかには首をかしげる者もいた。

花にも幾の診療所に行ったことは内緒にしていた。

文三はミツに花火作りの大変さを話した。

「いつか俺の花火を見せてあげたい」

「わー、見てみたい」

ミツは聞き上手だ。

水茶屋にいつも顔を合わせる男がいた。文三より二つ三つ年上のようだ。気になってミツに聞いた。

「錺《かざり》職人の伊作さんですよ。これもいただいたんです」

髪に挿した簪を指さした。複雑な細工の立派な作だった。腕のいい職人に違いない。

錺職人と言えば簪や笄、煙草入れ金具、刀の鍔などを作り、若い女には人気の仕事でもある。独り立ちできるまで大変だと聞く。苦労は花火師と一緒だ。

別の日、その伊作と話した。

「どこもそうだろうがよ、親方は仕事を教えてくれない。横目で眺めて盗むしかなかった。弟子入りして一〇年間は奉公、やっと職人として認められるようになっても、さらに一年間はお礼奉公だからな」

たんたんと話しているが細い眼は鋭い。

「花火もそうだろうよ」

ええ、とは答えたが古川花火は棟梁をはじめまだ思いやりがある、教えてはくれると言えばよかったと思った。

その後も、茶を飲み団子を頬張りながら幾度か話した。

しばしば顔を合わせるうちに伊作はこんなことを口にした。

「お前、小千谷へ何しに来ているんだ」

「花火の原料を探しに。なかなかなくて」

「すぐに手に入る店はあるだろうよ」

「…………」

「何かあれか」

「…………」

「お目当てはミツか?」

「いや、そんな」

「やめとけ、いいな。俺とミツは長いつき合いだ」

声が変わった。

「行け」

手を振って追い立てた。

話せる職人だと思っていたのに、その豹変《ひょうへん》に驚いた。ミツを口説こうと思っていなかったといえばウソになるが、男がいると分かっていればきっと。ミツはこんな男のどこに一体…。もともと自負心が強く、喧嘩早い文三。一歩前へ出ようとした眼にミツが映った。なんとか思い止まった。

一〇日ほどして、やっぱりミツと伊作のことを確かめたくて水茶屋に行った。

伊作が椅子に座っていた。後ろに職人仲間らしい二人も茶を啜《すす》っていた。

「ミツに近づくんじゃねぇぞ」と仲間の一人。

文三は何も言わない。

「古川花火は大変なんだろ。兄の清二は岡崎だって。とんずらか」

「どこから聞いた」

「町ではもっぱらの噂だぞ」

「お前のとこ大丈夫か。片貝では今や佐藤花火の方が立派な花火を作っていると聞くぜ」

「余計なお世話ですよ」

「古川花火に火をつけてやれという奴もいたぞ」と別の男。

我慢の限界、文三の堪忍袋の緒が切れた。

相手は三人。だが、先手必勝。伊作を一瞬にして叩き倒せば勝はあると思った。

肩幅に足を開き、わずかに膝を曲げ、弾むように動いた。

「やる気か」

伊作は構えた。腕っぷしは強そうだ。だが、文三は喧嘩慣れしている。伊作から眼をそらさず睨みつけた。

背丈は文三の方が高い。腕も長い。伊作の繰り出す強烈な鉄拳をかわした。伊作の手の届かない距離から一気に踏み込んで鼻や腹に拳を打ち込み、足を蹴りつけ叩きつけた。鼻や頬から血を流し、膝から崩れ落ちた。残る二人は途端にひるんだ。

「やめてー」

ミツが飛んできて伊作を起こした。

「何するの。ひどいわ」

「えっ」

「私には優しい大事な人なのよ」

悲しみと怒りに似た色が眼に宿っていた。

伊作はミツに必要とされている男なのだ。

文三は頭を一つ下げ、その場を去った。

終わった、と思った。夢など見なければよかったと悔やんでもみた。いまだ血の気の多い自分にも腹が立ち、情けなかった。

文三はひどく落ち込み、仕事にも気が入らず、休むようになった。そればかりか小千谷の遊女屋にも足を運ぶようになった。

「馬鹿者！　何を考えているんだ。出ていけ！」

棟梁が激怒した。

「あなた、そんなことを」

母親のフミはキッと睨《にら》み、かばった。

文三をなぐさめ、優しく見守った。花も同じ気持ちだった。

だがある日、いずこへともなく行方をくらました。


清二が岡崎へ行き、文三が家を出てから古川花火は活気を失った。職人たちもどこか投げやりで力が入らないようだった。

「いろいろあるが頑張ってくれ」

棟梁はいらいらして声を荒げる。

仕事はそれでも職人頭芳吉の叱咤激励もあって日々続いていた。

「おい花、これやっておいてくれ」

「ん、できたな」

芳吉は花に大事な仕事を任せた。文三が出て行ったあと花が一番の頼りだった。花もいまでは、炊事や掃除、洗濯などは棟梁が女中を一人雇ってくれたおかげで、遠慮しながらも花火作りに専念していた。

今日も作業場では朝から玉詰が始まっていた。玉皮の中に星と割薬を詰める仕事だ。玉皮を真ん中から二つに切り割って二個の椀状の半球形にし、下半球の真ん中に孔を開け、ここに導火を通し、動かぬように玉皮に固定しておき、星をぎっしりと並べてゆく。そして次には…。

「そこは違うぞ、花」

「もう一度、一からやり直し」

棟梁の声が飛ぶ。

花は失敗もしたが、いつもほぼ期待に応えた。

棟梁は口には出さないが、そんな花に秘かに感心し、眼を細めていた。

いつの間にか作業は花がいないと何事も回らなくなっていた。

花火作りを一つひとつ地道に確実にこなしながら花は、夢のような打ち揚げにも心を奪われていた。棟梁をはじめ古川花火の職人たちが浅原神社の後ろの小高い丘で打ち揚げた花火を、その仕掛けの緊迫した様子を頭に何度も浮かべた。その場に何度も行ったが花は手伝わせてもらえなかった。その理由は後に知ることになるのだが。

「花、一人前の花火師になるには何が大事だと思う?」

棟梁に突然聞かれたことがあった。

「はい？　ええ…」

答えられなかった。

「まずは飯より花火が好きなことだ」

その一途さでは誰にも負けないと花は自負していた。

「次に色、形、光の感覚が鋭いこと」

小さいころから花々や月や星や夕焼けの美しさに見とれてきた。それを磨くとはどういうことだろう。そうだ、絵も描いてみよう。誰か先生に学びたい。

「そして慎重であること」

石橋を何度叩いても注意、確認を怠らずと付け加えた。

「花火の打ち揚げに練習はない。一発真剣勝負だ」

忍耐力、責任感はいうまでもないことだとも言われた。

「どれもまだまだです。棟梁、厳しく教えて下さい」

花は深々と頭を下げた。

棟梁は、腕を上げてきている花に話しておくべきは今だと確信していたのだった。

花はますます気持ちを込めて仕事に打ち込むようになった。よく考え、自分なりの工夫を凝らしたりもした。

そんな花を見て、煙たがる人間も出てきた。花より古い職人たちだった。妬み、嫉み、嫉妬の念…。

「清二さんが居ないからって」

「指図《さしず》がましいことを言われたくねえや」

「女のくせに」

聞こえよがしに言う。

「そんなことを言うもんでない」

職人頭の芳吉の声も心なしか小さい。

〈女のくせに？　みんなも農家の生まれじゃない。百姓の仕事に男も女もない。母を見ても分かる。女がいなけりゃ、男だけでは野良仕事やっていけないのに。女は結婚して子どもを産んで一人前？　誰がそんなことを決めたの〉

しかし、今の世では耐えるしかないのだろうかとも思った。

岡崎へ行った清二からは幾度か棟梁に文が届いた。

元気で生き生きと修業に励んでいる様子だった。職人たちはみな元気かと心配してくれていたが、棟梁は文三のことは知らせなかった。事情を知ったら帰ってくるに違いない息子だからだった。

古川花火はしかし、なんとか、たんたんと作業を続けていた。


それから二年目の冬。

岡崎から清二が修業を終えて戻って来た。

たくましく、自信にあふれた表情をしていた。

「ただいま。長いこと留守にして、申し訳ありませんでした」

「お帰り」

母のフミが微笑んだ。

「よく頑張ったな」

父の清太郎がうなずいた。

「お帰りなさい」

花がいかにも嬉しそうだった。

芳吉をはじめ職人たちも出迎えた。誰もが安堵《あんど》した顔だった。

「文三は？　原料の買い出しか」

周りを見回して訊ねた。

皆うつむき、シーンとなった。

「…ま、その話はいずれ…」

棟梁は作業所に拵えた席へ促がした。

「じゃ、清二さんの帰国を祝って乾杯！」

職人頭の芳吉の音頭で始まった。

この間、古川花火では様々なことが起きたが、清二が戻ったことで明るい兆《きざ》しが見えてきたようだった。

清二は文三が姿を消した顛末を聞いて、ガクリと肩を落とした。

「俺が修業に出たばっかりに、すまねえ」

両親に両手をついた。

「そんなことはない。文三はきっと戻ってくる」

フミはそう言ってなぐさめた。

清二が帰ってきてから、古川花火は活気を取り戻した。

花火作りの一つひとつの工程に新たな創意、工夫がもたらされた。岡崎へ修業に行った成果だった。

いちばん眼を見張って反応したのは花だった。

「清二さん、そこのとこを、なぜそうするのですか」

「そのためには、どうすることが必要なのですか」

「花火の華やかさ、深さってなんですか」

くどいほど、納得するまで訊いた。

清二も辟易《へきえき》するほどだった。花火作りへの熱い思い、成長した姿を眼の前にして頬を緩めた。

職人たちも花火作りに誇りを持ってよく働いた。

やがて、片貝の古川花火は南魚沼地方では抜きん出て知られるところとなった。


「みんな、事故には用心せいよ」

棟梁が気を引き締めた。

作業棟、乾燥棟、薬品倉庫のどこにも爆発の危険はあった。物の配置や標識を整然としておくこと、同じ色の薬品は間違わないようにしておくこと、大事故は急にやって来るものではなく必ず前触れがあること。棟梁が事あるごとに口を酸っぱくして言ってきた。

その矢先のことだった。

ドーン
ドーン
凄まじい爆発・炸裂音、爆風、異臭。

作業所では仕掛け花火の薬や着火剤の配合調合が行われていたときだった。何らかの衝撃、摩擦が原因だろう。だが、そんなことを考える間はなかった。

「うわー」

建物が崩れ、火の手が上がろうとしていた。

「逃げろー」

職人たちは必死で外へ転がり出た。

作業を差配していた清二が取り残された。

「清二さーん」

花が中へ駆け込もうとした。

「来るな！」

清二が両手を広げて叫んだ。

「清二さーん」

なおも火の中へ入ろうとする。

「危ねえ、やめろ」

芳吉が、花を羽交い絞めにした。

降りしきる雪の中、火は作業所をなめるように燃えた。

どのくらいの刻がたったのだろう。

辺りにはまだ煙がくすぶっている。

清二の焼死体は作業所の真ん中で発見された。

類焼をまぬがれた母屋の座敷に運ばれた。

遺体を囲み、煤けた顔でみな手を合わせた。

「清二！」

母のフミが泣き崩れた。

父の棟梁は幸い別の用で出かけていて無事だった。

爆発事故で作業所一棟を全焼、乾燥場が半壊した。

花をはじめ職人五人が大怪我をした。

幾と花

古川花火の爆発事故と聞き、幾は薬籠を持って息せき切って片貝へ向かった。

燃えた作業所の残骸を眺めて立ち尽くした。

母屋では清二の遺体の前で棟梁が無骨な手の甲で眼を拭っていた。職人たちも泣きはらしていた。

花は部屋の隅で呻いていた。顔や脚から血を流し、痛みをこらえていた。

「花ちゃん、私よ」

「幾ちゃん」

「動いちゃだめ、すぐに手当てをするからね」

湯を、手拭いや布を、焼酎を！　幾の声が飛ぶ。

「大丈夫だからね、花ちゃん」

花の傷口を焼酎で消毒し、手拭いを裂いて傷口に当て血止めをした。抗菌や止血に効果のあるダイオウやジオウ、鎮痛作用にいいといわれるシャクヤクなどの傷薬を擦りこんだ。その上から晒《さらし》を巻いた。

花はされるがままに、その手際のよさに見とれた。

火傷をした職人には雪を溶かした冷たい水で冷やし、炎症を抑える軟膏を塗った。

一番若い作治は足を骨折していた。血止めに蒲黄、蓬を使い、布で圧迫して晒を巻いた。

「どなたか添え木になるような木を！」

芳吉が皮付きの柳を見つけてきて渡した。

幾はそれをしっかりと作治の右足に固定した。

〈幾ちゃん、すごい。もう立派な女医さんだ〉

花は自分のことのように嬉しかった。

「花ちゃん、元気になって素敵な花火を見せてね」

「幾ちゃん、花も頑張る」

二人は最初に会ったときのように手を握り合った。

「女だから、女のくせになんて言わせない」

と幾が言えば、

「そうよ、そうよ」

大きくうなずいた。

二人がふと外に眼をやると雪の下にフキノトウが顔を出していた。

春の装いが始まっていた。

第五章　春　憧れ

そして七年が過ぎた――。

水がぬるみ、穏やかな風が吹いていた。

若葉がいっせいに萌えたった。

カタクリが山肌を薄紅色に染め、顔を出したフキノトウが香った。

平野にも山にも春が来ていた。

幾の巻

幾は二九歳になっていた。

町屋の並ぶ山崎診療所を出て、草萌える道を今日も往診に急いでいた。

照専寺や慈眼寺、極楽寺がある寺町から高台の船岡山を通った。遠くの越後三山、光る信濃川が見えた。

百姓の家々の池に食用として飼われている真鯉が元気に泳いでいた。水面から跳ねる様にしばし見入った。突然変異で緋や浅黄色の流麗な「泳ぐ宝石」と呼ばれる錦鯉が生まれるのはまだ後年のことではあった。

船岡山の下に幾の往診の患者、ウメがいた。夫を早くに亡くし、息子たちは出稼ぎ、一人暮らしだった。畑を耕していたが、もう働けなくなった。

「ウメ婆ちゃん、その後どう?」

横になっていたが起きようとした。

「そのまま、そのままよ」

ウメは脚気を患っていた。

「脚がむくんで手足が痺れ、息切れがして動けないよう」

そう訴えたのはかなり前のことだった。栄養不足は明らかだった。このままいったら心臓の働きを悪くする病だった。

ともかく野菜や小豆をはじめ滋養のあるものをと気を遣った。東伯から脚気には麦飯や蕎麦がいいと聞けば、蕎麦屋から玉蕎麦を取り寄せた。

ウメは、はじめは食べようとはしなかった。

薬礼が払えないと言うのだった。

「そんなこと気にしなくていいのよ」

往診でない日も入口に野菜を置いていった。

「ありがたいことで」

いつしか、涙しながら食べるようになった。

おかげでウメは次第に元気になっていった。

幾も胸をなでおろした
その様子を見ていた近所の百姓たちも口々に言った。

「おなご先生は偉い」

「たいしたもんだ」

幾は山崎診療所の待合室で往診先で、村々で町々ですっかり評判になった。

「あっ、幾先生だ」

「ありがとう、助かったよ」

「おなご先生に診てもらえば安心だ」

患者を励まし、支えることはできる。こちらこそありがとう、と心の中でつぶやいていた。

だが医師としては、まだほど遠い途上にあると幾は自覚していた。

本格的な医術を学びたい、修業したいという気持ちは断ち難かった。

女のくせに、女だてらに、百姓の娘が――

その重圧ともたたかわなければならなかった。


また春秋が過ぎていった。

東伯が、こんな話をした。

「小千谷の真人村若栃に生まれた保科宗養という医師がおる。聞いておるだろうが農家の生まれだ。後に会津藩士の御典医になった」

二〇歳のころから京都で漢方医術、鍼術を修業。帰郷して開業し、名医として知られた。その評判が会津城まで届いて御典医となった。その祖先は宝暦の飢饉救済にも尽力したという。

〈百姓でも努力を積み重ねれば御典医にさえなれる。でも、私は町医者として一人の殿様より、多くの貧しい患者の命を救いたい。そのために修業したい〉

だが、男でも長期の修業は困難な時代。ましてや長崎、京、大坂など遠方は夢のまた夢。越後のどこかに師となる人物はいないものか。

保科宗養亡き後の越後に知られた医師に塩沢村の黒田玄鶴がいた。一八歳のとき江戸の昌平学問所で学び、大槻玄澤らとも交流があった。帰郷して開業、遠く村々へ足を伸ばして診療。かたわら薬草を採取して漢方薬を作り、農事指導もした。教育にも力を入れ、私塾自習堂を開いた。

だが、小千谷から塩沢村までは遠かった。老境にさしかかった東伯夫婦を置いて塩沢村へ修業に行くわけにはいかなかった。

「幾には教えられることは教えてきた。誰かもっと深い知識と技術を持った医師が近くにいないものか」

東伯は思案した。

幾のために新潟の修業時代の友人、秀哲に文を送った。

間もなくして秀哲が久しぶりにやってきた。

「幾ちゃん、頑張っているね」

顔をほころばして言う。

「まだまだです」

東伯が秀哲を促《うなが》す。

「で、誰ぞいるか」

「おお、その話だった。黒田玄鶴の弟子が長岡におる」

まだ若いが医院を開業して患者も多く、信望が厚いということだった。しかも小千谷に叔父夫婦がいて、叔父が重い病を患い月に二、三回は診察に来ているという。秀哲が幾のことを話すと、「お役に立つならそんなときに」という返事だった。

「そうか、よかった」

東伯は手を打った。

幾の喜びも大きかった。

「それでその人の名は？」

「澤田源斎、という」

翌月。

幾は秀哲と東伯の紹介状を携え、澤田源斎の叔父宅を訪ねた。

「山崎診療所の幾と申します。よろしくお願い致します」

「秀哲殿から聞いています。澤田源斎です」

叔父の診療中だった源斎は一瞬振り向いた。

細面の眼鼻立ちの通った優しそうな顔だった。

床に横たわっている叔父は病のためか小太り気味だった。

源斎は叔父の表情、顔や皮膚の色つや、眼、舌などを丁寧に診ていた。いずれも思わしくないようで、手足も痺れ、麻痺しているようだった。

「この病、お分かりですか」

幾に訊ねた。

しばらく考えた後、答えた。

「中風でしょうか」

「そうです」

うなずいて幾の顔にしばらく視線を注いだ。

眼に驚きの色があった。三歳の昌広を残して逝った亡き妻にうり二つだったからだった。

幾は見つめられて恥ずかしくなり、うつむいた。

それに気づいた源斎は平静をよそおい口を開いた。

「発症したとき意識も失いかけたと聞いています。少しずつ快方に向かってはいるのですが、まだ言語障害が残っています」

滋養をとり、適度に身体を動かし、規則正しい毎日をと言っているのだという。

「人間と天・自然は一体合一、陽が昇るとともに起き、沈むとともに眠りにつく。天人合一《てんじんごういつ》の教えですね」

源斎は、幾を医師として認めた対等な話し方をした。

叔父の診療が終わった後、次回の都合を聞いて幾は辞した。

源斎は、その後ろ姿が小さくなるまで見ていた。

翌月。

源斎は叔父の診察を終えた後、部屋を変えて幾に向き直った。風呂敷包みから医書を何冊か取り出した。

「『本草綱目』は知っていますね。漢方の聖典とも言われています」

「はい、東伯先生にも勧められ、読み始めています」

「同じく薬草の効用や調合法などを記したものに『大和本草』があります。この医書です。貝原益軒という人が書いた。この人には家庭医学書として知られた『養生訓』や『和俗童子訓』という教育書もあって広く読まれています。民生日用といって実際に役立つ学問を重視した人でした」

源斎は、大槻玄澤の『蘭学階梯』、稲垣若水の『庶物類纂』などの医書も並べた。

シーボルトが長崎のオランダ商館にきて西洋医学の新しい知識と医術を広げるのは少し後のことで、まだ、煎じ薬を服用することでじわりじわりと治していく漢方医学が主流だった。

幾は、まずは漢方医学の基本を学ばねばと強く思った。

「『解体新書』は知っていますね。画期的な解剖学の書です。大槻玄沢の玄は師である杉田玄白から、沢は前野良沢からとったと言われています」

源斎はひとしきり『解体新書』の話をした後、続けた。

「医学はもっともっと早い速度で進歩するに違いありません」

「この本をお借りできますか」

「どうぞ。私も修業中ですが、分からないことがあったら何でも聞いて下さい」

源斎は謙虚の人でもあった。

今まで知らなかった多くの新しい知識、医術、患者への思い。熱の込もった源斎の話は刺激に満ちていた。一言も聞き漏らすまいと耳を傾けた。とても一回、一刻余では消化できず、幾は帰ると覚書帳を取り出して一つひとつの話を思いおこし、大事なところを反芻《はんすう》した。患者の症状に合わせた薬の調合も学んだ。疑問点を書き出し、借りてきた本は時間をかけて読んだ。

「どうだい源斎殿の教えは？」

ある日、東伯が聞いた。

「めまいがするほどです。ついていくのが大変です。でも本当に勉強になります。行かせていただいてありがとうございます」

眼を輝かせた。

こうして月一、二度の源斎と幾の座学は続けられていった。

源斎の話は医者の在り方にも及んだ。

「医者は生涯、修業だと思います」

「女の私でも人の命を救える立派な医者になれますでしょうか」

「大丈夫。努力している限り迷い悩むものです」

そして継いだ
「こんな女子もいたのですよ」

源斎は野中婉という女の話をした。

婉は土佐藩の家老野中兼山の娘。兼山は藩内の争いから失脚し、他界した。一家は罪人扱いとなり、他地に四〇年も幽閉された。監視下での生活のなかで兄から漢学や本草学を学び、苦労して医業を身につけた。やがて赦免《しゃめん》後に漢方医を開業し、代表的な女流医者として知られるようになった。役人などの患者は診ず、ほとんどが庶民で、困窮者には無料で診察した。

患者の手首に糸を巻いて橈骨《とうこつ》動脈を診るという「おえんさまの糸脈」が評判を呼び、その診察によって調合した薬で病気がよく治ったという。何より患者の心を大切にし、一人ひとりの暮らしと病の症状をよく聞く人だったと言われる。

医師ではなかったが医師である夫を励まし、身体を張ってその研究の成功のために捧げた女性もいた。紀州の華岡青洲の妻、加恵だった。

青洲は天明二年（一七八二）に京都に上って古医方、オランダ流外科を学び、後に全身麻酔薬を開発した。やがて、日本初の乳がん摘出手術に成功した。

危険な手術で命を失う恐れもあったが、加恵みずからその被験者になって青洲の研究を成功に導いたのだった。

前を行く、そんな女の先人がいたのか。私は一人ではない。

幾は、いたく心を打たれ、励まされた。

源斎の話は続いた。

「いくら知識があっても人の悲しみや苦しみが分からない人間にはいい治療はできない。病気を診るのではなく人を診るのでなくては」

「私もそうだと思います」

幾の実感でもあった。病める人の悲しみは自分の涙、患者への思いやりは命を守る愛おしさだと。

「それに」

幾は続けた。

「患者の命は身分や生まれによって差別してはならないと思っています。これは東伯先生に口酸っぱくして教えられてきました」

「命の価値は等しく、変わらない」

源斎は嬉しそうだった。

幾と源斎の座学はいつか知られることになった。

うわさを聞いた小千谷近隣の若い見習い医師たちが源斎の門を叩いた。

聞きつけた東伯と秀哲も叔父に往診にくる源斎に会いにきた。

「大変な評判ですね、源斎殿」

「いや恐縮です」

頭をかく。

「私塾を開いてはどうですか」

「えっ？」

「師の黒田玄鶴先生には私らがお許しを得に行きます」

話が大仰になってきたと幾も戸惑った。

教えを請うて半年。医師源斎の力量と人間としての大きさを今さらながらに知らされてきた。

源斎は、私塾のことには気をとられず講義を続けた。

ある日は診立てについて。

「まず患者の話をよく聞いてあげることが肝要です」

問診、容態をみる望診、音を聴く聞診、患部に触れる切診など一つひとつを基礎から教えた。

別の日は薬草の効用と薬の調合について、病ごとに多くの例を駆使して話した。

また幾が日ごろの往診や診察で困っていることや分からないことについても実際的な示唆を与えた。眼からうろこと思うことが多かった。


ある日。

「幾さんのような女子がお嫁にゆかず医者として働いているのには何か訳が…」

言いにくそうだった。

「はい?」

突然のことで答えようもなかった。

婚期はとうに過ぎていた。

とくに訳があったからではない。それらしき相手がいなかったこともあったが、ひたすら医に励んできた。東伯の家の女中に雇われ、診療所の仕事も手伝い、やがて東伯のような医者になりたいと思い、代脈を務めるようになった。幾にとって大事なことは嫁にいくことではなく、一日も早く立派な医者になることだった。恋など二の次三の次だった。だが、東伯も早くから幾の婚期のことは気にはしていた。

「私にはご縁がなかったのです」

幾は言葉の接ぎ穂を失った。

しばらく、二人に沈黙が続いた。

源斎が口を開いた。

「実は三年前に妻を亡くしました。猛威をふるった伝染病『谷風』でした。手を尽くしたつもりでしたが、命を救うことはできませんでした」

眼に深い悲しみと苦渋の色があった。

「そうでしたか」

自分も救えなかった命が幾つもあったことが脳裏をよぎった。その悲しさ、悔しさ、自分への腹立たしさ。源斎と共有するものがあることを嬉しく思った。


また別の日。講義が終わった後――

「あなたは亡き妻によく似ているのです」

しみじみと幾の顔を見つめ、吐息をもらした。

「えっ」

幾はうつむいた。複雑な気持ちだった。

真正面から時々見つめられ、横顔や背中にも源斎の視線を感じてはいた。

また月日は流れた。

幾は源斎を訪ねるのが待ち遠しかった。

源斎は、叔父の診察をしながら横にいる幾に頼むこともあった。

「その晒し木綿を取ってくれませんか」

「はい」

源斎の手が幾の手に触れた。幾の身体に熱い痺れが走った。幾はうろたえ、手を離そうとした。だが、源斎は痛いほど手を握り返してきた。ほんの一瞬のことだった。

幾はその日、夢心地で過ごした。手のひらに源斎の温もりがいつまでも残っていた。

医師としての力量、謙虚で優しい人柄、人を人として平等にみる考え方。源斎は仰ぎ見る尊敬の人だった。だが、いつしか師から一人の男として魅かれるようになっていた。胸が締めつけられるような喜びがあった。

〈恋、というのかしら〉

夢を見続けたい。が現実に戻ると、切なかった。

〈身分違いの恋、叶うはずもない恋、ひとときの夢。秘かに想う片恋でいいのだわ〉

やがて二人の座学は終わりを迎えた。

源斎の叔父が急死した。源斎が駆けつけたときにはすでに息はなかった。悔恨の情に打ちひしがれる間もなく、残されて嘆き悲しむ伯母を引き取って慌ただしく長岡へと去った。望まれていた私塾も長岡で開くことになった。

長岡へ戻る最後の日。

「幾さん」

ふいに引き寄せられて抱きしめられた。息が止まるほどだった。源斎の胸に身体を預けて眼をつぶった。頰に口に源斎の唇が優しく触れてきた。いつしか幾の身体が柔らかく重く源斎にもたれかかっていた。

〈夢なんだわ〉

もう会えなくてもいい。会ってはいけない手の届かない人。遠くで静かに想っていさえすれば私は幸せ。生涯口にしてはいけないのかも知れない。

そう思うと涙があふれた。

やがて幾は山崎診療所の、おなご先生に戻り、東伯医師を助けて立ち働いた。

花の巻

作業所の爆発事故で古川花火の跡取り清二が爆死した。衝撃的な出来事だった。花火屋にとって爆発は、命と信用にかかわる決定的な事故。

「あそこは危ねえ」

「まだ続けるつもりか」

世間に白い眼でみられた。

古川花火はまたしても窮地に立たされた。

職人たちは、しゅんとして下を向いて歩いた。

「爆発の原因は分かっているな。口酸っぱく言ってきたことだ。安全第一に細心の注意を払えばいいことだ」

棟梁清太郎は声を大にした。

「そうは言っても…」

一番若い職人がぼそぼそとつぶやいた。

「何だ、言ってみろ」

「その、やっぱり怖くて…」

「事故が怖くて花火作りができるか」

とは言っても、と花も思った。あのときの恐怖は忘れられない。精神的動揺はなかなか拭えない。

一方、花火屋には冬仕込んでおかなければならない仕事が幾つもあった。清二亡きあと花と職人頭芳吉が中心になって仕事を差配してきた。だが、なかなか進まなかった。

やがて、妙なことが起きた。

職人たちが昼の休みに作業所や庭の片隅で、ひそひそと話している。

花が通りかかると急に話を止め、あらぬ方を見やる。

「どうしたの」

「いえ、別に何も」

花を避けている。

仕事を終えると連れだってどこかへ消えることもあった。

〈おかしい〉

「何かしらねぇ」

職人頭の芳吉に聞いた。

「花、それがな」

芳吉は腕を組んだまま、話したものかどうか思案している。

しばらくして話し出した。

「どうも佐藤花火から『うちに来ないか』と、つまりその、引き抜きが…」

「ええっ」

驚いて芳吉の顔を見た。

芳吉は悲しそうな悔しそうな何とも複雑な表情を花に見せた。

「棟梁が知ったらどんなに…」

花の胸は痛んだ。

古川花火と新興の佐藤花火は競争相手、以前からいわば敵対関係にあった。古川花火はここのところ棟梁の二男文三の失踪、作業所の爆発と後継ぎ清二の爆死で苦境に立たされていた。それは世間でもよく知られていた。

「あいつら（佐藤花火）は人の弱みにつけこんで古川花火を潰そうとしているんだ」

古川花火には住み込みと通いの職人、仕事によっては臨時雇いの男女もいた。それらの多くに誘いの声がかかっているという。

「手口がきたねえ」

古川花火にゃ先がない、花火職人なら思う存分仕事がしたいだろう。古川花火よりずっと多い給金を出す――そう言って口説くのだという。

花と芳吉は職人たちと個別に会い、正直な思いを聞くことにした。

芳吉は開口一番、怒鳴った。

「花火職人としてお前を育ててくれた棟梁の恩を忘れたのか」

「……………」

「芳吉さん」

すくませたら話にならないと、花が口をはさむ。

「恩を忘れたわけではありません。ですが、うちには病気の両親と四人の子どもがいて」

男は肩を落とした。

また別の職人は、土間に手をついて涙をこぼした。

「また必ず戻ってきます。どうか許して下さい」

泣く泣く離れて行った職人もいた。こうして古川花火から佐藤花火へ移った職人は三分の一にのぼった。

棟梁清太郎の怒りと落胆はことのほか大きかった。そして急に老け込み、無口になった。


古川花火をどう立て直してゆくか。今は何も見えていない。花は途方にくれたが、自分がみんなの前を歩いて行かなければならないと改めて思った。

星（火薬）作り・詰め（割火薬を詰める）・貼り（和紙を貼り重ねる）三つの基本工程作業をいかに正確に迅速に仕上げるか、夜空にいかに華やかに打ち揚げるか。それらの技をどう磨き高めていくか――。

同時に創意工夫を、と花は以前から考えていた。

例えば花火の色合い、色を出す材料とその配合、意匠・形の多彩さ…。他の花火屋との違いを求め、試行錯誤を繰り返さなければならないと。

花は幼いころから美しいものの綺麗なものへの憧れと執着があった。夜空の星や月、花々、四季の風景、文様。古川花火で女中として働き、やがて女では途方もないといわれた花火作りが特別に許された。清太郎もはじめは子どもの戯言《たわごと》かと思ったが、めきめきと腕を上げてきた。女子だが、好きこそ物の上手なりと棟梁も内心舌を巻いた。

その花は五年程前から絵も学んできた。意匠は花火師にとって大切な一部だと思い続けてきた。

小千谷の画人に大塚玉湖がいた。若いころ京に上って狩野派の画人に学び、後に名声を得た。玉湖は染物の図案や下絵も描いた。その弟子たちは、小千谷に多くいた織屋、紺屋、宮大工、仏師など下絵（図案）を描く職人たちとの交流のなかで腕を磨いていた。

花は織屋の老練な巧、末吉に月に一度、下絵を習った。下絵は絵模様の下描きで、布地に刺繍《しゅう》や染織をする前にその図案を青花（露草から絞り取った液汁）を用いて細筆で描くもの。

下絵には先人が残した多種多様な文様があり、同時に新しい造形が次々に工夫されていた。その抽象文様は自然界の写実から生まれたものだと花は考えていた。

「まずはものをよく見ることだ」と教えられた。

下絵を習う一方、外用のあるときには常に携帯用の矢立（筆と墨壺）と紙をもち歩き、しばしの刻をみつけて写生に励んだ。山、川、里の家々、草花、鳥…。

〈ああ、自然はなんと豊かなのだろう〉

夜空に打ち上げて美しく散らす花火の文様と色合いを思い描きながら夢中で筆を運んだ。楽しく幸せな至福のひとときだった。

あるとき浅原神社近くの農家の庭先で咲いていた春牡丹を写生していた。眼の前で見つめ、離れては遠めに眺めた。牡丹は「百花の王」。その高貴でたおやかな美しさに感嘆し、心打たれていた。いったいどう花火絵にすればいいのだろう。

と、にわかに空が曇り雨が降ってきた。霧のように細かい小糠雨だった。写生した白牡丹の墨が流れて消えた。

「もうこんな時刻。急いで帰らなければ」

矢立を片付け立ち上がろうとしたそのとき、腹部に激痛が走った。

「ううっ」

雨で汚れた地面にうずくまった。

雨は小糠雨から強い雨に変わって花を叩きつけた。

下腹部の激痛は、花の意識を奪おうとしていた。

どれぐらいたったのだろう。

眼を開けると傘をさした若い男が立っていた。

腰を下ろし声をかけてきた。

「どうしました」

「…………」

花は動けない。

男は花を助け起こした。

「歩けますか」

「なんとか」

二三歩歩いてよろめき、手をついた。男はしゃがむと花をゆっくり立たせて肩を支えた。

「どこへ行くんです?」

「…………」

花は口を閉ざした。

男は半纏、股引き、腹掛け姿だった。花火職人の格好である。花のいる古川花火の職人でない。とすれば因縁の佐藤花火の一人に違いない。

「一人で帰れますので」

が、苦痛で顔を歪めている。

「無理だ。癪《しゃく》でしょう」

花もそう思っていた。

「家はどこです」

「………」

「このまま見て見ぬふりはできません」

「…古川花火の者です」

「えっ」

男は何か思案している様子だったが、

「俺は佐藤花火の後継ぎの橋三だ。古川花火までは遠い。家で休んでいくがいい」

「でも…」

橋三は花にいささか強引に肩を貸し、傘を差して歩き出した。

雨は降り続いている。

花は腹部を手で押さえ、足を引きずり、何度も崩れそうになりながらも橋三の肩にもたれて歩いた。

半刻後、二人は佐藤花火の母屋の玄関にたどり着いた。

「橋三さん、ど、どうしたんです」

出てきた職人頭の治平が驚いている。

花はようやく立っている。

聞きつけて他の職人が、そして棟梁の弥八が現れた。

「その女《ひと》は?」

「そこで倒れていたから連れてきた」

「どこの誰だ」

「それはともかく、苦しんでいるんです」

母のナミが顔をのぞきこむ。

「ささ、こっちへ」

ナミは花の手を引いて奥へ招き、濡れた着物を着換えさせ、布団に寝かせた。

「癪だね」

ナミは橋三に言い、薬箱と水を持ってきた。

「とりあえずこれを飲んで休みなさい」

薬は奇応丸。熊胆を主剤とした丸薬で腹痛や胃痛に効く家々の常備薬だった。

花は薬を飲むと眠りについた。

部屋の外は大騒ぎになっていた。

「橋三さん、よりにもよって古川花火の女を…」

古川花火へ強い対抗意識を持つ治平が顔をしかめた。

「人がよ過ぎる」

「これから何が起きるか分からんぞ」

だが、棟梁は何も言わなかった。

「どうするんですか、橋三さん」

「痛みが和らいだら俺が送っていく」

「それじゃ、うちの沽券《こけん》にかかわる」

別の職人が低くつぶやいた。

橋三はもともと古川花火を、競争相手ではあるが悪くは思っていなかった。そうさせたのは職人頭の治平だった。治平には職人たちに対抗意識を燃えさせることでいい花火作りの肥やしになるという思惑もあった。

「それなら古川へ行って迎えに来るよう伝えてくれ」

行けるかよ、そんな声が聞かれた。

しばしあって、「へい、俺が」と申し出た者がいた。

古川花火から泣く泣く引き抜かれて佐藤花火に来た義平だった。花には花火作りを一から教えてもらい、世話になった。

「気をつけて行くんだよ」

ナミが言った。花とは偶然の、それも話もできない病の、まだそれほどの刻も経っていないのに、なぜかすっかり花が気にいっていたのだった。

義平は雨の中を夢中で走った。

古川花火に着くと、職人たちと顔を合わせないようにと作業所を避け、母屋へ向かった。

が、結局は職人衆の眼に触れた。

「ややっ、おめおめと何しにきた」

冷ややかな眼がにらんでいる。

義平は膝をつき、黙って頭を下げた。

「どうしたい」

棟梁の清太郎が姿をみせた。

「実は…」

事の顛末を伝え、花を迎えに来てくれるよう話した。

「なにっ、ちくしょう」

「あいつら、いい気になって」

拳を握りしめたり地団太踏んだりしている。

「まあ、待て待て」

棟梁は宙をにらんだ。

「大事な花だ。迎えに行ってこい。必ず丁重に礼を言うんだぞ」

悔しそうにしていた職人たちは迎えの準備をして出ようとした。

棟梁が声をかけた。

「おいっ、義平と連れは二人でいい。でないと事を荒げるだけだ」

義平と指名された二人は半刻後、佐藤花火に着いた。

「古川花火の者だが花を迎えに参った」

声を聞いた職人たちが出てきた。

「橋三さんの慈悲だ。礼を言え」

「礼は橋三さんに申す」

やがて橋三とナミが花を支えて姿をみせた。

「誠にありがとうございました。棟梁の清太郎がよろしくとのことでございました」

古川花火の二人は平身低頭した。

「古川の衆、頼みましたよ。気をつけて行きなせぇ」

花は終始、橋三の優しさ、懐の大きさに心を動かされていた。

花は二人の職人に抱えられるようにして帰って来た。

「大丈夫か」

棟梁とフミは心配顔で迎えた。

「よくまあ、無事で戻ってきた」

職人頭の芳吉も胸をなで下した。

続けて聞いた。

「佐藤の連中、嫌なことはしなかったか」

花は真っすぐに芳吉と棟梁の顔を見て言った。

「橋三さんにはとてもよくしていただきました」

「そうか、そういう男だったか」

棟梁は思いを巡らせた。

そんなことがあってから花は毎日のように橋三との出会いを思い浮かべた。助け起こされたときのこと、抱えられるようにして一緒に歩いたこと、職人から守るようにしてくれたこと。なぜか胸が熱くなり、どきどきするのだった。想いふけって仕事が手につかなかった。

〈私、へん〉

「おい、花。どうした、ぼうっとして」

「あ、はい」

その度に橋三を追い払うようにがむしゃらに作業に精を出すのだった。

そして一か月が過ぎた。

花は花火の材料の買い集めをいいつかって小千谷に来た。

材料とは樹脂粉末や木炭の粉末から作る可燃剤、花火の色を決める金属化合物の色火剤などだった。背中に箱型の荷入れを背負っていた。

信濃川・湯殿川にほど近い陣屋あたりを歩いていた。

間口五間、奥行き一六間の小千谷陣屋には構内に三軒の役人宅があり、数十人が年貢を徴収して江戸に回送したり、訴訟も裁断していた。

花はその堂々たる陣屋の構えに眼を見張って立ち止まり眺めていた。古川花火の敷地・建物とはあまりにも違う。

「何か用か」

役人が不審顔で声をかけてきた。

「いえ」

駆けるようにその場を離れた。

陣屋通りを真っすぐ西へ東忠を通り過ぎ、右手に料理屋の看板が眼に入った。

そこの橙色《だいだいいろ》の暖簾をくぐって出てきた長身の男がいた。

「あっ」

佐藤花火の橋三だった。驚き、心がさわいだ。

「おやっ」

橋三も思わず声をあげた。

花は腰を折り頭を下げた。

「その折は大変お世話になりました。ありがとうございました」

「身体、治りましたか」

「おかげさまですっかりよくなりました」

「それはよかった」

橋三は得意先の接待の帰りだという。

二人が話したのは初めてだった。

歩きながら一言二言、やがて言葉が滑らかになっていくのが心地よかった。

「そういえば花さん、女子ながら古川花火では一番の腕なんだってね」

花は赤面した。

「とんでもありません。ただ花火作りが好きなだけです」

「それがなにより大事な資質です。でも、どうしてまた花火作りを」

つられて正直に答えた。捨て子だったこと、古川花火の棟梁に拾われ育てられたこと、自分の美しい花火を夜空に揚げてみたいと精進してきたこと…。女医として働く幾以外には話したことのない過去をなぜか話せた。

「苦労したね、花さん」

うつむいた花の眼に涙が光った。

肩に橋三の手があった。

「古川花火さん、いま大変なようだね」

花は顔を上げ、橋三を見つめた。

「何かあったら言ってくれ。力になることがあるかも知れない」

嬉しい、ありがとう、助けて。そばにいてほしい。

崩れそうになる身と心を花は必死でこらえた。

〈こんな人と花火が作れたらどんなにいいだろう。古川花火と佐藤花火は仲直りできるのだろうか〉

花は悲しかった。

古川花火は二代目となるはずだった清二が爆発事故で命を落とし、次男の文三は行方をくらましたままだった。棟梁も年老いて古川花火はかつての盛況はなく、見る影もなくなっていた。追い打ちをかけるように凶作、飢饉が襲いかかっていた。世は花火どころではなくなっていた。

「花火屋たたむしかないか」

げっそり痩せた棟梁はそう言って眼をつむった。

これまでやってきたことがすべて無駄になるのだろうか。もはや、どうにもならないのだろうか。

花火の灯を消してはならない。あきらめたくない。

「力になることがあるかも知れない」と言ってくれた佐藤花火の橋三の言葉が頭に浮かんでは消えた。だが、棟梁を励まし、まずは自分たちの力で危機を乗り越えるしかないと思った。

そんなある日の夕刻、夕陽を背に玄関に立つ男がいた。

行方不明となって久しい文三だった。

「文三さんが帰ったぞー」

叫び声が聞こえた。

「ええっ」

玄関の外から内から職人たちが駆けつけてきた。

母のフミと花が母屋から出てきた。

棟梁が廊下を踏み鳴らして走り出てきた。

「お前、幽霊じゃないだろうな」

文三の頭からつま先までじろりと見降ろした棟梁の開口一番だった。

「申し訳ありませんでした」

玄関のたたきに土下座した。

「とにかく入りなさい」

フミが文三を立たせた。

座敷で親子が相対した。

文三はまた畳に手をついていつまでも頭を下げるだけだった。

「もういい。一体どこでどうしていたんだ」

棟梁の声は怒気を含んでいた。

「はい」

文三は語りだした。

花もそばに呼ばれた。

小千谷の水茶屋の女とのことがあってから文三は荒れるようになり、仕事をほって遊女屋へ通うようになった。やがて、家には帰らず突然姿を消した。そこまでは誰もが知っていた。

その後、越後のあちこちを渡り歩いた。遊郭、盛り場、賭場。無頼の仲間とほっつき歩いた。

インチキ博打が発覚し、ヤクザに追われ江戸へ逃げた。

江戸で食う当てもなかったが、生まれつきの暴れん坊、喧嘩の助太刀をしたりいかがわしい店の用心棒をしたりして荒んだ一日一日をやり過ごしていた。年月が経つに連れ、そんな自分に愛想が尽きていた。

ある夏の夜、大川を通りかかった。

南天に天の川が広がっていた。

ギューーイン　インイン
バリバリ、ドーンドーン
懐かしい天に轟く炸裂音、独特の火薬の匂い、舞う煙。

夜空に火の花が咲き乱れていた。

「かぎやー」

「たまやー」

見物のどよめきと歓声。

花火といえば江戸、江戸といえば花火。

生まれ故郷の片貝花火も悪くないが江戸の花火は粋で華やかだ。

〈なんて美しいんだ〉

文三は放心してただ見とれた。

越後片貝の古川花火の仕事場が思い出された。

泣きたいほどの懐かしさと悔恨の念にかられ、ポロリと涙が落ちた。

隅田川の夜空の向こうに片貝の花火が重なった。

文三の腕や身体は花火作りの喜びをまだ覚えていた。また花火を作り、夜空を焦がしてみたい。そう思うと全身に鳥肌が立った。

決断は早かった。

〈江戸で花火の修業をして片貝に帰ろう〉

隅田川の川辺で立ち働く花火職人の群れに入っていった。

「私を働かせて下さい。棟梁に取り次いで下さい」

「馬鹿者、いまはそれどころじゃねえ。俺たち、命かけてるんだ」

相手にされなかった。

「お願いします」

「そこどけっ」

「何でもします、手伝います」

「うるせえ、邪魔する気か。とっとと失せろ」

一人が怒鳴った。

「おとつい、じゃねえ、あさって、店に頭を下げにきやがれ」

文三はあきらめなかった。

翌日、人に聞き聞きして探し当て玄関の前に立った。「玉屋」の大看板があった。

玉屋は鍵屋と並ぶ江戸花火の代表格。文三でも知っていた。さすがに膝ががくがくした。

恐る恐る訪《おとな》いを入れた。

番頭が話を聞いた。棟梁に伝えるから明日また来るように言われた。

翌日訪ねるとまた明日来るようにと。

どうやら文三が本気かどうかを試している様子だった。盛況の花火、人手はほしい。だが、人品を確かめてからにしたい。そんな思惑のようだった。

「明日から来れるか」

文三は飛び上がらんばかりに喜んだ。

玉屋は、前職が何だったかなどは一切聞かなかった。ずぶの素人として扱った。文三も花火職人だったことなど一言も問わなかった。それがよかった。

花火作りの一から叩きこまれた。厳しかった。辛かった。だが、基本から腕を磨くことができた。邪念なく打ち込むことができた。予想できないほどの充実した日々だった。

そして三年が経った。

文三は棟梁にすべてを打ち明けた。

「よく頑張った。もう立派な一人前だ」

肩を叩いた。

「一つだけ言っておく。自分の花火に満足しちゃならん。江戸に負けない片貝の花火をいつか見せてくれ」

励まして送り出してくれた。

文三は深々と頭を下げ、感謝と礼を述べた。

「そうであったか」

文三が話し終わると父の清太郎は一言そう言った。

以前とはすっかり変わった文三に花も心を打たれていた。

そして、彼がいなくなってからの古川花火のこれまでを話した。

清二が爆死したこと、佐藤花火から引き抜きがあったこと、残った職人たちと何とかここまでやってきたこと、瀕死《ひんし》の一歩手前にあること…。辛そうな花の言葉は時々乱れた。

文三はうなだれて聞いていた。その眼から幾筋もの涙が流れた。

「申し訳なかった」

顔を上げると、

「棟梁、花、あきらめないで立て直そう。道はあるはずだ。こんなときだからこそ花火の役割がある。生きてゆくことを励ます力があるんだ」

自分を立ち直らせてくれた花火への思いで決意に満ちていた。

花も勇気づけられた。

〈辛いことや悲しいことを忘れさせてくれるのが花火。一瞬ではあっても大勢の人たちの夢なんだもの〉

古川花火の挑戦が始まろうとしていた。

幾と花

白い筒袖上衣、手に薬箱。幾は往診の帰りだった。

小千谷の縮仲買業の豪商、西脇本家を通りかかった。

ふと向こうに眼をやると短髪、半纏姿の女が歩いてくる。あっ、花だと認めた。

「花ちゃん」

「幾ちゃーん」

二人は手をふって走り寄った。

久しぶりの再会だった。何年ぶりだろう。

かつての面影を残しながらも成熟した大人へ変わりつつあるように見えた。

「どこかで腰を下ろしましょう」

西脇本家からほど近い照専寺へ。庭に置かれた長椅子に座った。

池には蓮華《れんげ》や沙羅双樹《さらそうじゅ》の白や桜色の花々が眼を癒してくれ、心安らいだ。

二人は問わず語りに話しだした。

これまでにない著しい身辺の変化、身と心に及ぼした深い悲しみと身もだえ。

二人に共通していたのは遅ればせながら経験した恋だった。

幾の師、長岡の源斎との身分違いの恋。花の、競争相手の花火屋・佐藤花火の後継ぎ橋三との叶うはずもない恋。

尊敬の念を抱いていただけだったのに、頼もしいと思っていただけだったのに、いつの間にか一人の男と女の恋情に代わっていった。その信じられない変化。

二人はため息をついたり、うなずきあったり、涙を浮かべたり、ときには黙り込んだりして刻を過ごした。

「でも、花ちゃんも私も、好きになった人と一緒の方向を見つめていたい。一緒にいい仕事がしたいと思ったのよね」

「そう。愛おしいと思いながら一緒に暮らし、仕事でも負けないようにできたらと」

恋が成就できなくとも、その思いを二人は信じて疑わなかった。

「愛の行方はあきらめても、こんな世の中だからこそ花火で人をなぐさめてあげたい」

花の言葉に幾は深く感じ入っていた。

「そうよ花ちゃん、その意気よ。私ももっと勉強して一人でも多くの病を治し、命を救いたい」

春の陽射しが翳《かげ》り始めていた。

二人は西東に別れた。

第六章　夏　生命

幾の巻

小千谷にも越後にも諸国にも、天候不順による不作、厳しい食糧難、疫病が蔓延《まんえん》していた。

天明二年（一七八二）。

雨が多く、洪水に見舞われ、田畑に甚大な被害をもたらした。東北の津軽地方では、土用になっても冷風やまず、米の収穫は四分作にとどまった。

そして翌天明三年（一七八三）。

四月九日、浅間山に大噴火が起きた。激しい爆発音、降り続く灰。それは五月、六月、七月と続いた。軽井沢から東の空は、昼間でも真っ暗になるほどだった。江戸で降り積もった灰は一寸（約三センチ）にも及んだ。

七月六日、七日も続き、八日は最大の噴火を起こした。

ドーン、ドーン
ドドーン、ドドーン
「一体何の音だ」

「よからぬことの前兆だ！」

人々は空を仰いだ。

その轟音《ごうおん》は佐渡ヶ島、八丈島、京都、大坂までも響いたという。

灼熱の火砕流は山林を焼き尽くし、一瞬のうちに上州鎌原村などを呑み尽くして吾妻川に流れ込み、大洪水を引き起こして村々を流し去った。人馬の死骸や倒木、家財道具が利根川を下り、江戸川まで流れたともいわれる。

「降ってくる白いものは何だ」

「まさか夏に雪でもあるまい」

不思議な現象に怖れおののいた。

浅間焼けは、大量の火山灰を降らせ、数年間の日照不足と低温化、天候不順に拍車をかけた。列島に飢饉が続き、とくに東北の惨状は深刻だった。仙台藩だけでも餓死者四〇万人、米の収穫は一割もなかった。津軽藩では餓死者一三万人、他国（藩）への逃亡者二万人、全村が荒《こう》蕪地《ぶち》となった地も多かったという。

越後各地、小千谷では――。

五月から八月まで長雨、冷夏だった。夏だというのに霜が降る日もあり、綿入れを着るようになった。早くから米の収穫が危ぶまれ、村々は凶作に見舞われた。

翌年も被害から立ち直ることができず、飢饉はさらに深刻となった。地域によっては数十人の餓死者が出た。

越後の少なくない地域では天明三、四年だけでも餓死者が人口の二割に達したといわれる。

備蓄米を放出するなど救済に手を尽くした藩はまれだった。

悲惨を極めた飢饉は天明三年から七年まで続いた。

「この世の地獄と呻《うめ》いたのは玄遠坊だった」

山崎診療所の東伯がそう言って瞑目した。

玄遠は極楽寺の若き修行僧。東北地方へ修業に行っていて大飢饉に遭遇したのだった。一度小千谷に戻ると飢饉の実相を伝え、死者の霊をなぐさめる読経行脚の旅へ出た。極楽寺は墓のない納骨堂だけの寺で、「人はみな平等」を唱えた。玄遠は飢饉による死者をみな平等に極楽浄土へ導きたかったのだろう。

「玄遠坊の見聞によれば――」

東伯は妻七未や幾を前に話し始めた。

食う物にありつけず日に一〇〇〇人、二〇〇〇人が餓死したという。玄遠坊の行く手には遺骸が累々と転がっていた。やせた野良犬が人の肉を食いちぎり、群がったカラスが死肉をついばんでいる。辺り一面に死臭を放っていた。

一村ことごとく死に絶えたところもあった。草むらに人間の白骨がたくさん散らばり、ある場所では山のように積まれていた。しゃれこうべの穴という穴からすすき、女郎花が生え出ていたという。

ある村では疫病が蔓延し、薬も買うこともできず、七割方が死んだ。

子捨て子殺しも横行していた。食料不足で育てることもままならず二、三歳の子どもは捨てられた。生まれた子どもは「を返し」といってすぐに口をふさがれたりして圧殺された。

玄遠坊が津軽地方を訪れたとき、三河国（愛知）から来た菅江真澄という人に出会った。この人が見聞してきたことにも、ただただ驚かされ、玄遠坊は数珠を手に瞑目した。菅江はこんな話をしたという。

深刻な凶作で田にも畑にも収穫が望めず、食糧不足で極度の飢えが村々を襲った。ある村では馬の肉を食べて生き延びようとした。おどろ髪の女たちが包丁を持って集まり、肉のよいところを争って切り取り、血の流れる腕に抱えて帰った。馬や牛を食い尽くし、草の根や木の根、蕨や葛《くず》の根も掘りつくしてしまった。そのうち人が人の肉を貪り食らったという。

「その様は、おぞましくてとても話せない」

東伯は手を合わせて黙した。

信濃川の流域小千谷も昔から洪水、凶作に悩まされてきた。古老の茂爺はそれを伝え聞き、村人に話した。茂爺は八〇に近い最長老で「神さん」「生き字引」と親しまれ崇められてきた。

「洪水といやあ、寛永元年（一六二四）の昔、高梨村が一丈二尺（四メートル余）の出水で大被害を受けた。宝暦時代には千谷川があふれ溺死者が一〇〇〇人出たというぞ。そして天明元年（一七八一）と二年、今またもや大きな洪水に見舞われた。飢饉といやあ、延宝三年（一六七五）の昔にも大飢饉があり、片貝に餓死者の供養塔が建てられた。『凶年餓死人墳』と彫られている。同じような世がまた来ておる」

茂爺の表情は曇った。

片貝に碑が建てられ右側に「天明四庚申　餓死人墓」、左側に「宝暦六　餓死人墓」とあり、宝暦飢饉の死者も同時に弔っていた。

出口の見えない暗い日々の続くなか、幾も東伯も診察、往診に追われていた。

「幾、待合いのほうは？」

「部屋に入り切れないほどです」

山崎診療所は今日も朝から患者でいっぱいだった。

夏の盛りで陽射しは熱く、待合部屋にも診察部屋にも風は通らない。

子ども、年寄り、働き盛りの男、百姓の女房。患者はやせ細り、あばら骨が浮き出た者もいた。あきらかに栄養不足に見えた。

「次、太吉ちゃん」

幾が診察部屋に呼び入れる。太吉は五歳。

「どうしたい」

東伯が額に手を当てる。熱い。

胸を開いて診る。震《ふる》えている。

「どんな様子だったのかな」

母親に眼をやる。

「はい…」

おろおろしている。

話によれば、夜中、にわかに熱が出て、震え、その後大汗をかいたという。熱は下がらず腹が張って、やがて体が黄味をおびたともいう。それはどんな病にも共通した症状ではあった。流行病かどうか。とりあえず万能薬といわれる反魂丹を処方して様子をみることにした。

「次、二番札の人…」

こうして午前中に一〇人を診た。

飢饉から広がり伝搬する疱瘡、麻疹、赤痢、傷塞などの手の施しようのない病が少なくなかった。

午後からは東伯と幾が二手に分かれて往診に歩いた。

この日は信濃川流域東岸の村々だった。

太陽がじりじりと容赦なく照りつけていた。どこの田も稲穂が稔らず今年の秋もまた不作は確かだった。それでも百姓たちは汗水流して働いていた。

「寅二さん、その後いかがですか」

炎天下で汗水流して農作業を続けていた寅二は、霍乱《かくらん》（熱中症）で倒れた。

霍乱は大量の汗による脱水症状や塩分不足などで体温調節が不能となる。

「あの日、幾先生が来る前には痙攣を繰り返し、突然意識を失って…」

大丈夫でしょうか、と女房が泣かんばかりだった。

霍乱は多くの百姓を苦しめた大敵だった。

幾は、霍乱にかかった者の家族には言い聞かせた。

「野良仕事を休み、涼しい部屋に寝かせること。麦茶など水分を十分とらせ、なんとかして滋養あるものを食べさせることね」

寅二の家では、この冬二月には八歳の息子が流行風邪《はやり》（伝染病）で命を落とすところだった。

流行風邪は子どもや老人など抵抗力の低い者を襲い、肺炎や脳症を引き起こし、死に至ることもあった。多くの子どもたちの命を次々と奪った。時々によって「稲葉風」「お駒風」「谷風」「薩摩風」などと名を変え、怖れられた。

「寅吉、寅吉！」

熱で真っ赤な顔をし、意識を失いそうなわが子を見て女房は泣き叫んだ。

幾は額の手拭を何度も取り換え、身体を拭き、葛根湯を飲ませ、その日は一晩中を傍で診ていた。

ようやく熱が引き、危険から脱したのは七日後だった。

「おなご先生、ありがとうございました」

「いいえ、寅吉ちゃんが頑張ったからですよ」

人の身体には復元力がある、それを支えるのが医者の役割だと東伯から教わっていた。

だが、患者がいくら頑張っても救えない命もある。

幾は何度も悔しい思いをしてきた。

二日後、幾は急な知らせがあって山崎診療所から近い町家の裏長屋へ向かった。

井戸端に三人の女房が洗濯をしているだけでひっそりとしていた。

中小路の真ん中あたりに「甚助」の表札が見えた。

「キイ、しっかりするんだよ。今、幾先生が来るからね」

内から聞こえた。

まだ若い甲高い母親の切迫した声だった。

「幾です。入りますよ」

九尺二間の入口の引き戸を開け、土間を上がり、四畳半ほどの寝間の襖《ふすま》を開けた。

五～六歳の女の子が顔を真っ赤にしてうなされていた。

「ひどい熱」

幾の掌は額から胸へ、胸から下腹部へと滑った。

耳や首の後ろの皮膚に発疹が浮き始めていた。咳や鼻水も止まらない。

「麻疹です」

「はいっ？」

驚いた様子。

「大丈夫ですよ。一度かかれば免疫ができますからね」

「キイちゃんのお父さんはお出かけですか」

「夫は二年前に突然の流行病で死にました。腕のいい大工職人でした」

「そうでしたか、大変でしたね」

麻疹は子どもから大人まで情け容赦なく襲った。多くの命を奪う恐ろしい病だった。江戸の時代、流行の波は二四回。感染は速く死者二四万人出た年もあった。

有効な薬、治療法もなかったが、幾はともかく解熱剤と鎮痛剤を処方した。かんぴょうや切干大根、ひじき、どじょうなどがいいとも教えた。金柑《きんかん》がよく効くとも言われていたが、貧乏人には手の届かない高価なものだった。薬の値段も上がる一方だった。

一日おいた二日後の朝、幾は再び往診に訪れた。

だが熱は下がらず、意識朦朧《もうろう》、呼びかけにも反応はなく脳も冒されているように見えた。このまま推移すれば脳炎、肺炎を合併する恐れもあった。

幾は東伯の指示で出来得る限りの手当て、治療をした。一晩、二晩、枕元で寝起きした。心労で体力を奪われ、眼は真っ赤に腫れた。

三日は持ちこたえたが四日目の朝、キイは冷たくなっていた。

〈なんとかならなかったのかしら〉

幾は、またしても救うことができなかった。

その後も疱瘡や麻疹などで患者を死なせた。名前を覚える間もないほどだった。

悔しかった、悲しかった。無力感に襲われた。

〈医は、もう何もできないのかしら〉

その度に東伯は、こう言って励ました。

「医者は万能ではない。だが、必ず治せるときがくる。医は進歩してきたし、これからも進歩する。医を信じよ。徒労にみえても今でも出来得ることに最善を尽くすことだ。それを積み重ねることでいつかは効果があらわれる。医者の仕事の多くは徒労といってよい」

まだまだ修行が足りない。救えなかった命を、医者の自分より強く深く嘆き悲しむ人々がいることを知らされたのだった。

麻疹で娘を失ったキイの母もその一人だった。

裏長屋の者には気丈にふるまっているように見えたが、身も世もなく悲嘆にくれていた。家に閉じこもり、たまにふらふらと外へ出ると眼を宙に浮かせ、ぶつぶつと独り言をもらしては座り込んだ。

「大丈夫かね、まさか後追いなんて」

「一人ぼっちになっちまったからねえ」

長屋の女房たちは顔を見合わせた。

天国へ行ったキイは、二度の流産の後に生まれた一粒種だった。

「夫に似た優しい笑顔のキイ。突然逝って、私はどうして生きてゆけばいいの。命を代わってやりたかった。ああ、朝を迎えるのが辛い」

そんな拠《よ》り所のない空しい日々だった。

同じ年ごろの女の子にわが子の面影をみてまた悲しみのどん底に突き落とされた。あんな子がそばにいてくれたらどんなに幸せだろう。

事件が起きたのはキイが亡くなってから七日後のことだった。

長屋から遠く離れた片貝の裕福な商人の一人娘サトが忽然と消えた。

「ええっ、神隠し?」

「人さらいか」

両親は真っ青、眠れぬ夜が続いた。

「おおーい、サト」

「サトちゃん、どこー」

声をからして探した。

隣近所の人たちも団扇太鼓を叩いて回った。

「迷子のサトちゃーん」

「サトちゃーん」

そのころ幾は町家の裏長屋あたりの往診に通っていた。

キイの母のことが気になって何度か訪ねた。

入口の引き戸を叩くが返事はない。

居るのかいないのか。近所の女たちに聞けば、しばらく戸は閉まったままだという。

もしや病気でもと心配が募る。

ドンドン　ドンドン
仕方なくある日の夕暮れ、隣家の亭主に入口をこじ開けてもらった。

家の中は暗く、戸外の光で眼をこらした。次第に眼が慣れてきた。

なんと部屋の片隅に四、五歳の女の子を抱いてうずくまるキイの母親がいた。

「どうしました、その子」

「…………」

母親は恨み挑むような眼の色だった。

幾は一瞬にして悟った。

きっとわが子と同じ年ごろの娘をどこからか連れてきたのだろうと。

その事実を聞き出すのに一刻半かかった。

泣きながらの話によれば――。

片貝に用があっての帰り道。キイとよく似た子が一人で歩いていた。

「どこへ行くの」

「お菓子を買いに」

それで行き過ぎればよかったのに、

「そう、おばさんも行くの。一緒に行こう」

声をかけてしまった。

「うん」

あどけないかわいい顔でついてくる。

菓子屋に入った。

餅や団子、大福やきんつば、桜餅まで並んでいる。なかなか買えない物ばかりだった。

女の子は眼を輝かせて見ている。

「どれがいい。なんでも言って」

包んでもらったお菓子を手に歩き出す。

「そうだ、そこの茶店でお茶でも飲みながらお食べ」

嬉しそうについてくる。人を疑うことを知らない。

椅子に座り、おいしそうに幾つも食べた。

お腹がくちて眠くなったのかコクリコクリ居眠りを始めた。

死んだキイも食べながらよくそうしていたものだった。

起こして家まで送っていかなくては、と思う一方、別の感情を抑えきれなかった。

このまま小千谷まで連れて行きたい！

いけない、いけない。私何をしているの！

だが、誘惑には勝てなかった。

お代を払い、眠った女の子を背負うと夢中で茶店を出た。

通りすがりの女が怪訝そうに見ていたが、急病の子どもをおぶっているのだろうと思ったようだった。

一人住む裏長屋に着くまで記憶はほとんどないという。

「さて、どうしたものかしら」

一部始終を聞き終えた幾は、頭をかかえた。

母親をそうさせたことにはキイを救えなかった自分にも責任があり、母親の切ない気持ちが痛いほど分かるからだった。

「すぐに戻るから」

幾は山崎診療所へ帰り、東伯に事の次第を手短に話した。

「うーん」

東伯も唸った。

「ともかく、そういうことは長屋の大家だ。幾、急げ、わしも行く」

大家の彦次郎は物知りで面倒見がいい。長屋住人の親も同然。

「分かった。心配するな」

事情を聞くと一言。

太ってはいたが、身軽で動きは早い。

「大家さん、どちらへ」

「親御さんの家だ」

東伯、幾も後を追う。

門構えも大きな片貝の縮商人の店に着いた。

事の顛末を話し、すぐに連れ帰るから女を許してほしいと三人は頭を下げて懇願した。

だが、主の秀五郎は、いきり立った。

「とんでもない。どれだけ心配したか。一人娘が誘拐されたんだ。人さらいは重罪だ。出るところに出ようじゃないか」

「お怒りは重々分かります。本人も心から詫びております」

大家の彦次郎は腰をこごめた。

「私も大家。訴訟事や夜回り、捨て子の親代わりとまあ、いろいろ引き受けております。人には突然訳の分からないことをしでかすときがあるものでして」

「それがどうした」

秀五郎はますます居丈高《いたけだか》。

「なぜ、そういうことになったか。涙なしには聞けませんでした。どうか許してあげて下さい」

幾も口を添えた。

「おんな先生とあろうものが」

「とにかく、娘をさっさと連れてこい」

大家、東伯、幾の三人は門の外へ追い出された。

「長屋へ」

キイの母親は商家の娘を抱いてまんじりともせずに座っていた。娘はその腕のなかですやすや眠っていた。

「大家さん、私とんでもないことを」

「大丈夫だ」

大家はその子を背負おうとした。

「いえ、私が」

幾が代わった。

「さ、片貝へ」

かなりの道のりだが、急がねばならない。

「私も」

キイの母が身支度をした。

「あんたは来なくてもいい」

と大家の彦次郎。

「私の罪です。どんなことになってもかまいません。みなさんに迷惑はかけられません」

なだめすかしても聞き入れない。

やり取りが外へも聞こえたのか、長屋の女房たちが集まって来た。

キイの母親のことを心底心配し、同情していた女たちは口々に言った。

「私も行って謝ってやる」

「一人で行かせるものかい」

幾の背中の商家の娘は、何事かと眼をパチクリ。

「ま、ま、ま。大勢で押しかけては向こうさんも迷惑」

大家が指さしたのは東伯、幾とキイの母、二人の女房たちだった。

とにかく急げ、急げと片貝へ向かった。

商家の娘は幾から、二人の女房が交代で背負い、東伯が横から身体に異常はないか気遣って歩いた。

汗だく、息せき切った六人が片貝に着いたのは陽射しが翳り始めた刻だった。

大家の彦次郎が玄関で訪った。

出てきた主の秀五郎は怒鳴った。

「なんだお前たちは」

「お嬢さんをお連れいたしました」

大家が娘の手を引いた。

「リツ、リツ！」

飛び出して来た母親が抱きしめた。

「どの女だ、人さらいは？」

主が大声を出し、みなを睥睨《へいげい》した。

「誰だ、前に出ろ」

「そ、それは、大家の私に免じて勘弁して下せえ。本人も死ぬほど詫びております」

「その本人は誰だと言ってておる」

緊張と沈黙が続いた。

やがて女房たちの後ろにいたキイの母が前に出た。

「申し訳ありませんでした。私でございます」

玄関のたたきに這いつくばって頭を擦りつけた。

「この鬼女めが」

主の秀五郎はつかみかかり、顔面を打ちすえた。

キイの母は血の気の失せた顔を上げた。

「覚悟しています。殺すなり突き出すなり好きなようにして下さい」

「よおーし」

拳で腹を突き、腰を殴り、背中を蹴った。

キイの母はなすがまま耐えていた。

そのとき絶叫が聞こえた。

「やめて！」

キイの母から夫を引き離した。

「お前さん、もうやめて」

絞り出すような声で続けた。

「リツが一人娘ならこの人の子もたった一人の娘さん。突然死んでどんな思いか、しかも亭主も早くに亡くしていなさるという。どんなに悲しみが深いか私には分かります。どうか許してあげて下さい」

「おかみさん」

キイの母はすすり泣いた。

その様子を眼の前に大家も東伯も幾も女房たちも、もらい泣きをした。

幾は思った。

〈医は病を診るのではなく人を診る。人の情けに勝る薬はない〉

主の秀五郎はリツを抱き、妻の手を握った。

そしてキイの母に小さな声で言った。

「手荒なことをして、すまなかったな」

キイの母は号泣した。

この日のことを忘れまいと幾は胸に刻んだ。

凶作、飢饉のなかで命、愛、情がどこまで温もりを保てるのか。

時代は暗転してゆく――。


幾は今日も往診へ急ぎながら田んぼに眼をやった。

不作でなければ稲穂が波打っているはずだった。

だが、低温多雨が続き、夏の盛りなのに稲穂は元気を失い、まともに稔《みの》りそうにもなかった。

浅間山の大爆発も異常気象、凶作の原因になっていた。

あちこちの田んぼで百姓たちが稲の穂を手のひらに乗せて見つめ、首をうなだれて立ちすくむ姿があった。

「ああ、今年もまた」

収穫の秋はすぐそこなのに。幾は、百姓たちの暗澹《あんたん》たる気持ちを思いやった。

食べる物も底をつき、みな飢えていた。なかには収穫を待ちかねて青稲を刈り取って食料にする者たちもいた。

幾がなだらかな道を下り野原にさしかかったとき、四~五人の百姓の女房が食用の草や根を採っているのが見えた。

続く不作で米は食えず粟や稗に大根やジャガイモの葉を刻んだ糧飯《かてめし》を日に一食。それとてもままならず、葛や蕨の根を掘り、野老《ところ》、うつ木、木の葉まで食べていた。

「そこまでにしましょう」

一人が声をかけた。

「そうだった」

手を合わせて籠に入れた。

そこは、野老や蕨の根、食用の草などの多い場所だった。

だが、採り尽くすことはしなかった。次に来た者のために残しておこうという配慮だった。

飢えも腹を満たすこともみんなで分かち合おう。そんな心配りだった。

〈村人の絆が強ければ飢饉も乗り越えられるのではないか〉

幾はふとそう思った。

越後女はよく働いた。

他領地からも声がかかった。

越後女は白河おこす　これぞ殿御のおたまもの

天明飢饉で荒廃した白河藩領の村へ藩主松平定信が農民の嫁として越後女を迎え入れ、その女たちの働きで村の復興が進んだことを詠ったものだった。色白で働き者と評判高かった。

凶作、飢饉さえなければ秋の収穫を待って盆踊りも盛んだった。

多くの男女が一晩中、桶をたたき、唄をうたい、踊り歩く。菅笠や編み笠をかぶり、女は男の、男は女の姿に変えたりして楽しんだ。女たちがひときわ艶やかで輝いていた。想い人の後ろについて胸を高鳴らせて踊った。

そんな楽しい風景はもう見ることがない。遠い日の思い出になってしまうのか。山崎診療所の幾は胸を痛めた。

暗い、悲しい出来事が続いていた。

夏の夕暮れの水田。稔りの貧しい稲が黒紫色に映った。

幾は信濃川東岸の村への往診の帰り道だった。

薄暗がりの中に前を行く父娘らしき姿があった。誰かに似ている。

「どこへ?」

後ろから声をかけられ、父娘は驚いて振り向いた。

「あっ」

眼を見開いた幼馴染の半三と娘だった。

半三は手甲脚絆《てっこうきゃはん》に菅笠、肩には振分荷物。娘は大きな風呂敷包を背負って逃げるように急いでいた。

半三は三六歳、娘はまだ一二歳。妻を二年前に流行病で失った。狭い田畑を耕していたがこの飢饉のなかでとうとう食う物にも事欠き、夜逃げをするのだろうか。

一か月前に会ったときに半三はうなだれて言っていた。

「一度は娘を売ることも考えた。したが哀れでどうしてもできなんだ」

少しでも楽な暮らしができればと越後堀之内の大百姓である叔父を頼って行こうと思っていると話していた。

幾と半三は境遇が似ていた。幾も半三も貧しい百姓の家に生まれて苦労して育った。早くに父を亡くした半三を幾は励まし、なぐさめた。近所の仲間たちともよく遊んだ。小さな社の庭が遊び場で、気の合う二人はいつも一緒だった。

幾が九歳で山崎診療所へ女中奉公に行くことになったとき、やはり今日のような夕暮れどきに半三は家に訪ねてきた。駆けてきたとみえて肩で息をしていた。真っ黒い顔は汗びっしょりだった。

「おや、半ちゃん、お入り」

幾の母が言ったが首を振った。

「幾！　半ちゃんだよ」

幾が出てきた。

「どうしたの？」

もじもじして何も言わない。思うように言葉が出ない。だが、眼が何かを言っている。

「これっ、俺の一番大事な物だ」

手の平を広げて見せたのは、ままごと遊びのときに「お腹いっぱいめしあがれ」と幾が渡してくれた茶碗替わりの欠けた盃だった。

「お前にやる。元気でな」

そう言うと、少年は暗闇の中を一気に駆けて行った。

幾が山崎診療所へ行った後も、農繁期になれば寝たきりの幾の父、病弱の母を気遣い、兄の手伝いによく来てくれていた。そのことは後に兄から聞いた。

幾が成長して女中からやがて医者として患者に慕われ頼りにされているという噂を聞いて、自分のことのように喜んでいたとも聞いた。寡黙だが優しい、仲のよい幼馴染だった。

その半三と娘が生まれ育った村を去ろうと今眼の前にいる。

その悲しみ、寂しさ、どこにぶつけていいのか分からない憤りのような気持ちを抑えようもなかった。

丈夫だった身体も病がちになって幾が一度往診に行ったこともあった。

「堀之内へ行くのね」

「ああ」

「その後、身体の方は…」

顔色もよくない。

幾は提灯に火をつけて娘に持たせた。木の株に半三を座らせると脈をとり、首筋をさわり、眼の中をのぞいた。

診終わると薬籠から薬を取り出して握らせた。

「身体だけは大事に。せめて、これをお持ちね」

当時裕福な家にしか買えなかった貴重で高価な薬用人参の煎じ薬、萬金丹や反魂丹だった。

「すまんな」

「やっぱり行くのね」

娘の背を押すようにして半三は歩き出した。

「生きていればまた会えるよね、半三さん」

眼に涙があふれた。父娘の姿が小さくなるまで立ち尽くしていた。


悲しいことは続くものなのだと村の古老がよく言っていた。

幾には特に気になる家が何軒かあった。

船岡山の裾野に百姓作治の家があった。夫婦と幼い娘、赤ん坊の息子が暮らしていた。

地味の薄い田畑は狭く、年貢を取られたら一家の食い扶持《ぶち》は幾らもなかった。凶作、飢饉のなかでそれさえできず、葛や蕨の根まで食べていた。冬になるとそれらも得られず、藁《わら》を粉にした味も何もないパサパサの藁餅で空腹をだました。

「子どもたちがかわいそうでのう」

前回訪ねたとき、作治は疲れと苦渋の表情を見せた。

女房は病弱で寝たり起きたりだった。みな痩せて顔色も悪く、骨と皮ばかりだった。

幾が往診の帰りに寄ってみたのは一〇日ぶりのことだった。

入口に下がった破れむしろが風で揺れていた。

「作治さん、いかがですか」

入口の引き戸を叩いた。

「作治さーん」

ひっそりと静まりかえって、いくら待っても返事はなかった。

戸を引き、中へ入った。

「なんと…」

幾は息をのんで呆然と佇んだ。

土塀の崩れかかった寝間の硬い藁布団の上に作治が娘の手を握り、その横に赤ん坊が女房の乳房にすがって死んでいた。どの顔にも苦痛の表情のなかにもどこか安らかさがあった。それがいっそう哀しみを誘った。

一家無理心中にしてはその手段の後が見えない。おそらくその力もなく、餓死だったのだろうと幾は考えた。

もっと早く来てやればよかったと悔やんだ。しかし、早く訪ねたからといって何ができただろうか。

〈医だけでは命は守れない〉

幾はまた打ちのめされた気がした。

人の悩みや迷いとは別に夏はまだ居座っていた。

だが、どんなときでも新しい生命は生まれる。

尽きた一つの命は他の命を生む。

中子渡しの西岸から四半里の百姓の若い嫁ツエが男の子を産んだ。

幾もよく知る取り上げ婆が駆けつけた。

泣き声も小さく細く、未熟児だった。

あちこちで堕胎や間引きも聞かれるなかでも、夫婦は産むことを決意した。二人の愛の結晶、せっかく天から授かった命。育てていきたいと思った。それがどんなに大変なことか覚悟の末のことだった。

「ツエに子が生まれたぞ」

周りは赤子の誕生を喜んだ。一方、果たして育つものやらと心配した。

食う物も十分でないツエの乳房に赤ん坊が吸い付いても乳は出なかった。弱々しい微《かす》かな声で泣くばかりだった。

夫の徳平が頭を下げて近所の女房たちへ貰い乳を頼むために歩いた。

誰も断りはしなかったがツエと同じように乳が出ない者が多かった。徳平はあきらめず何人にも当たった。やっと二人に頼むことができた。それほど豊かではないが乳の出はよかった。

「そうかい、心配だったたね」

「ツエさんも切なかったろうに」

そう言ってツエから赤ん坊を抱き取り、乳を含ませてくれた。

赤ん坊は勢いよく、ごくごく飲んだ。

「ありがとうございます、ありがとうございます」

ツエは礼を繰り返した。

他の女房たちも言った。

「こんなときに生まれてきた大事な命じゃ」

「いつでもおいで。この子をみんなで育てようじゃないか」

飢饉には奪えないもの、それは大切な人との絆。こんな辛い世の温かな人情にツエは泣けてしかたなかった。

その話を聞いた幾は、こうした小さな命を一つでも多く守りたいと思い返すのだった。

花の巻

片貝村にも夏は来ていた。

あぶらゼミの鳴く声が遠く近く聞こえた。

風もなく木の葉も揺れなかった。

日照り続きの毎日だった。

一瞬、入道雲が崩れ、稲妻が走って雷鳴が轟き、大粒の滝のような雨が地べたを叩きつけた。

「雨だー、天の恵みだー」

古川花火の職人たちが作業場から飛び出して叫んだ。

花は杉の木の下の遅咲きの紫陽花に眼をやった。

雨に濡れてしっとりと咲いている。

「藍色が眼に染みるわ。きれいなこと」

傘を差し、矢立を手に写生してみようかと思った。紫陽花を文様にしたらどんな絵柄になるのだろう。空に花火として咲かせないだろうか。

「花、熱心だな」

職人頭の芳吉が声をかけた。

花は今や誰もが認める花火師になっていた。

棟梁の清太郎も眼を細めていた。妻のフミに話した。

「うちに引き取ったときはどうなるかと思ったが、どうしてどうして。ともかく何事にも一生懸命だった。女中仕事もこなし、花火に興味を持ち、好きになった。好きこそ物の上手なれで、好きは才能の一つだ。やがて一人前の職人になった。技より大事なもの、それは、なんというか燃えるような熱い気持ちだ。花にはそれがある」

いかにも嬉しそうだった。

だが、今はその腕の振るいどころがない。

世は天候不順、打ち続く凶作、そして飢饉。

「花火？　贅沢な話だ。それどころではなかろうが、食う物もねえじゃな」

花火の材料も手に入らず、作業場は森閑としていた。それでも職人たちの花火作りへ思いは流れていた。

花は、何よりもその張りつめた空気が好きだった。いつかまた職人たちの誇りをかけた賑わいの訪れることを願っていた。


花火は様々な変遷をたどった。歴史に翻弄《ほんろう》されてきたといってもいい。

江戸でも――。

幕府による最初の江戸市中での花火禁止令は三代将軍徳川家光の時代、慶安元年（一六四八）だった。手持ち花火が江戸庶民に流行するにつれて火災が多発したのが理由だった。その後も寛文五年（一六六五）・一〇年（一六七〇）と禁止令が発令された。だが、江戸庶民の花火という娯楽への期待と興奮は止まず、お上の執拗《しつよう》な干渉に抵抗した。最終的には隅田川の川筋と海岸に限って許可されるようになった。

そして今また――。

かつてとは別の理由で花火の灯が消されようとしている。

「飢饉、疫病流行のこのご時世に花火だと？　人の命と一瞬の花火とどっちが大事だ」

幕藩の意として当然のように喧伝されていた。

「でもだからこそ…」

花は棟梁の清太郎、文三の顔を見る。

「犠牲者の慰霊と悪疫退却祈願のために今こそ花火が必要とされるのではないか」

と文三が夜空に眼を移す。

清太郎は眉間にしわを寄せて呻くように言った。

「花の言うとおりだ。それに花火作りの伝統と技が途切れたらええことになる」

一度は後継ぎの清三を事故の爆死で失い古川花火をたたむしかないとまで考え、落ち込んだが、何とかまた文三や花たちと花火屋を続けてきた棟梁には、もう怖いものはないという思いがあった。

「いいか文三、花、これは一人古川花火だけの危機ではないぞ」

文三も花もそのことは秘かに考えていたことだった。

〈あの人はどう考えているだろう〉

あの人、花は佐藤花火の橋三の顔を思い浮かべていた。

雨の中、癪で倒れた花を親切に助けてくれた。それが両花火屋のひと騒動につながったのだったが…。

町中で橋三によく似た後ろ姿を認めると胸がどきどきした。

その橋三は偶然に再会してまた別れるとき、こう言った。

「何かあったら言ってくれ、力になれることがあるかもしれない」

この期に及んで今や老舗《しにせ》も新興もない。少なくとも小千谷において競争、敵対関係にあった古川花火と佐藤花火は手を握り合わなければ共に消滅の憂き目にあうだろう。

橋三の意見を聞いてみたい。そう言うと棟梁も文三も手を打った。

「よおーし、善は急げだ」

だが、因縁のあった両花火屋。そう簡単に事は運ばない。壁は厚かった。

まずは双方の職人頭が会って前相談をすべきだろうということになった。

職人頭の芳吉が棟梁に呼ばれた。

かいつまんで要件を話した。

「そ、そ、それはあまりにも…」

芳吉はあっけにとられ、口をあんぐりと開けた。

「驚くのは無理もねえ。だが急がねばならん。行ってくれ、佐藤花火へ」

それも敵とさえ思ってきた職人頭の治平と会えと言う。しかも、他の職人たちにはまだ話すなと釘を刺された。どうなるのだ、先が思いやられた。

翌日、重い足取りで佐藤花火へ向かった。蝉しぐれの杉林を越えて佐藤花火の母屋の玄関に立った。

「ごめんくだせえ」

声がふるえた。

出てきたのは、よりにもよって職人頭の治平だった。

「なんだ芳吉てめえ、また何か嫌な話でも持ってきたか」

憎々し気だ。

「いや、違うんだ」

「棟梁を呼ぼうか」

「サシで話がしたい。ちょっと外に出られないか」

「何だい、俺に喧嘩でも売りにきたのか」

「そうじゃない」

しぶしぶ応じた治平と芳吉は作業所裏の林の中へ。切株に腰を下ろして向かい合った。

芳吉が要件を話し出したが口下手、うまく要領よくは話せない。

「それで、それから、はよはよ」

治平に急かされた。

「なんだって？　これまでのことは水に流して手を握れというのか」

聞き終えた治平。

「うーん」

宙をにらむと黙り込んでしまった。

そして四半刻。

「芳吉よ、お前はどう思うんだ」

「俺は棟梁の花火への尋常でない思い入れを大事にしたい。なんとか力になりたい」

治平も言った。

「花火を守れ、か。そうだよなあ」

「分かってくれるか。頼むよ治平」

「弥八棟梁と後継ぎの橋二にはしかと伝える。ご苦労だったな」

芳吉も治平の眼をじっと見つめ、「じゃ、またな」と手を上げて立ち上がった。

なんだか心打たれたような清々しい気持ちが押し寄せていた。

芳吉から首尾を聞いた棟梁の清太郎、後継ぎの文三、そして花は手ごたえを感じた。

双方の職人頭の芳吉と治平は二回目の話し合いで、こう段取りをとった。

古川花火と佐藤花火の棟梁、双方の後継ぎ、職人頭、そして特別に花の七人で寄り合うことにした。

「場所は佐藤花火だ」

棟梁の清太郎が言った。

「うちじゃないんですか」と芳吉。

佐藤花火に花を持たせようと言う。

棟梁は懐が深い、と花は思った。

そしてその日――。

清太郎、文三、芳吉、花は緊張の面持ちで佐藤花火を訪れた。

職人たちが玄関で出迎えた。その中には佐藤花火に引き抜かれた古川花火の職人の顔もあった。顔を上げることはなかった。

「元気か」

芳吉が声をかける。

「お久しぶりね」

花も言葉を送る。

「みなよく働いてくれています」

後継ぎの橋三が返した。

こうもつけ加えた。

「今は仕事がないでしょうが、いずれそのときが来て人手が必要になったときには戻ってもらいましょう」

花も棟梁も文三も、芳吉もまぶたを熱くした。

信じられないようなことが眼の前で起きつつあることを実感した。

〈長い間のわだかまりが消え、仲直りができたのだわ〉

花はそう思うと同時に橋三の人としての大きさを改めて見直した。やはり私の想い人、特別の存在であり続ける予感がし、胸が高鳴った。

「ささ、中へ」

佐藤花火の母屋の座敷で双方が並んで座った。

「どうぞ話を」

棟梁の弥八が清太郎をうながした。

「本日はこうしてお集りいただき、誠にありがとうございます」

居住まいを正し、一人ひとりに眼を移して言った。

「ご存じのように今、片貝花火の灯が消えようとしています。呉越同舟という言葉もあります。どうすればいいのか知恵をお借りしたい」

訥々と訴えた。

佐藤花火の棟梁、橋三、治平も強くうなずく。

それぞれが語り、話は進んだ。

一陣の涼風が座敷を通り抜けていった。

「どうです花さん」

「えっ」

橋三に名指しされてびっくりした。

女の私が、恐れ多いこと。それに何を話したらいいのか分からない。

だが、花の花火作りへの一途さや腕は誰しも認めていた。

その花が何を話すのか一同は耳をそばだてた。

「花火は何のため誰のためにあるのか考えました。花火には辛いことや苦しいこと、悲しいことを忘れさせてくれる力があります。飢饉で食べる物もなく困っている人たち、疫病で苦しむ人たち、夜逃げしたいと思っている家族…。お上が何もしてくれないのなら私たち花火職人で人々をなぐさめ、勇気を渡したいのです」

花はひと息入れて続けた。

「見ている人のさまざまな思いも一緒に打ち揚げる。夜空にぱっと咲く花火の一瞬の光は大勢の人々の夢と希望であり、時には一生の思い出になるのです。その花火の灯を最後にしてはならない、消してはならないと思います」

切々と泣かんばかりに花は話を終えた。

座はシーンと静まり返った。

「すみません、生意気なことを」

しばしの後、声が上がった。

「そうだ」

「その通りだ」

「片貝花火の灯を消すな」

「あきらめちゃならねえ」

古川花火と佐藤花火の花火師たちは眼を合わせ、強くうなずき合った。

思いのたけを話した花は、花火との出合いを思い浮かべていた。

ドーン、ドーン
漆黒の空に雷鳴のような音が轟いた。
すると間もなく
空が真っ赤に染まった。
それは一瞬にして消えた。
また耳をつんざくような音がした。
ドーン
ヒューン
幾度も幾度も空に大輪の花が咲いた。
〈なんてきれいなんだろう〉

放心したように空を見上げる五歳の花がいた。

〈あれは何？〉

「まあ、きれいな花火」

人々のどよめきが聞こえた。

〈私と同じ花、花火と言うんだ〉

花と花火の運命的な出合いだった。

そばに母がいることさえ忘れていた。

「母ちゃんちょっと離れるからね。いいかい、ここにずっといるんだよ、動くんじゃないよ」

やがて母の姿が暗闇に消えた。

花は一人残された。

いつまで待っても、母は現れなかった。


あれから長い歳月が流れた。

花火を作り、打ち揚げ、その美しさになぐさめられ、勇気をもらって生きてきた。

自分を置き去りにした母を初めは憎み、心の中で罵倒《ばとう》したが、次第に思慕が募るばかりになった。いつかは会えるのではないかと信じてきた。

幾と花

幾は町家の裏長屋にキイの母親を訪ねた。

親一人子一人の娘キイを麻疹で亡くして絶望の淵に立たされ、精神に異常をきたして思わぬことも起こしてしまったが、今はすっかり心身の元気を取り戻していた。

「また来ますね」

幾は長屋を出た。

飢饉が続くなか、人通りもなく、町は死んだようだった。

「幾さーん」

振りむくと花が手を振っていた。

花は花火材料店に行った帰りだった。

「花さん、久しぶりね」

もう、「幾ちゃん」「花ちゃん」と呼び合う年ごろでもなかった。

「何年ぶり?」

すでに三年余は経っていた。

長屋から幾の山崎診療所は近い。花を誘った。

二荒神社の杉林に蝉しぐれが降っていた。

花のことは東伯や七末に話していた。めったに会わないが、かけがえのない大切な友だちなのだと。

「いらっしゃい。ごゆっくり」と七末。

東伯も顔を出した。

「花さん、立派な花火師だと聞いているよ」

「いえ、まだ修業の身で」

幾と花は患者のいない診察場で向き合った。

「元気だった？」

思わず同じ言葉が口をついて出た。

不作、凶作、疫病。暮らしと命が脅かされ、生きることが不安で辛い時代を過ごし、いろいろなことを見聞きし、考えて生きてきた。

幾にとっては医師として命を救えなかった悔しさや無念さ、自責の念。花にとっては片貝花火の灯が消えようとしていることへの悔しさ、情けなさ。

「でも希望はある」

と幾。

「私もそう思うわ」

と花。

その思いは共通していた。

「医は何もできないのかしら、医だけでは命は救えないのかしらと思った。そんなとき、師匠の東伯先生が言ったの。医学は少しずつ進歩している。必ず命を救うことができるときがやってくる。そのために今できることに力いっぱい、最善を尽くすことだと」

「花にも言わせて。花火の灯が消えようとしているの。でも、でもね、希望は見えている。花火職人たちがこれまでの因縁を越えて花火の灯を消すな、知恵と力を寄せ合おうと動き出したのよ、すごいでしょ」

眼は輝き、自信にあふれていた。

「どんなに辛くとも前を見つめて立ち向かっていこうね」

行く末に明るい光が見えていた。

今度会うときには、希望が少しでも形になっているかも知れないと二人は思った。

第七章　晩夏　人災

幾の巻

　秋はすぐそこに来ていた。稔りのない暗鬱な飢饉の秋が。なぜか彼岸花だけが狂ったように咲いていていた。


　一人でも多くの命を救うために医師としてできることは――。

　天候異変で米をはじめ農作物の収穫が望めず、この秋も凶作となることは眼に見えていた。幾は往診に回る一方で、飢饉食といわれる救荒食物（代用食物）を広めることを心がけていた。参考の書にしたのはよく知られた建部清庵の『民間備荒録』（宝暦五年）だった。

　建部清庵は一関藩の藩医で、東北の百姓をあいつぐ冷害や飢饉の苦しみから救おうと懸命に尽くした医師だった。「農は天下の本なり、平日、農夫の力で安楽な年月を送っている恩の万分の一を報いるのはこのとき」と救荒用食物をまとめ、毒消し法も説いたのだった。

　初めに、飢え死にしそうな人の手当て――。

「急に食物を与えてはならない。おうおうにして一度にむさぼり食い、死んでしまう。まず、重湯を作って椀に盛り、卓上にのせて飢えた人の前に置き、手に椀を持たずに直接口をつけて少しずつ吸わせ、時間をかけてゆっくり吸いつくようにさせよ。このようにして気力を回復させたあとで飯を少しずつ食わせよ。飢えた人の腸は細くなっているから、急にたくさん食うことに堪えられないのである」

懇切丁寧、その理由まで述べている。

例えばまた、草や木の葉を食べる方法――。

ひしの実。

「乾かし、皮をはいで粉にして、だんごや蒸し餅にしたり、粥《かゆ》にして飢えを救う」

という具合である。

幾は『民間備荒録』を何回も何回も読み、人々に知らせた。往診先で、またその近所の女たちに集まってもらい話して聞かせた。

「山芋に似た野老、ありますよね」

「あるある、どこにでも」

「飢えをしのぐのにいいのよ」

「へえー」

「輪切りにしてよく煮て、流水に一晩浸して苦みをとる。灰汁でよく煮て水を替えながら二日ほど水にさらした後、飯に炊いて食べるといい」

「早速やってみようかしら」

興味津々、表情も生き生き。

「うこぎの苗もいいそうよ。よく茹でて食べると皮膚病のじくじくしたものが治る。飢えた人が草の根や木の葉を食べて毒にあたって腫れ物があらわれたとき、うこぎの根を掘って水で煎じて飲むと腫れがひくの」

ふき、蕨、露草なども話題になる。

「幾先生」

手を上げ、こんな質問も出る。

「蛇に咬《か》まれたときは、どうすればいいですか」

ままあることだ。

「まず、露草の茎、葉を摺《す》って傷口のまわりにつけ、傷口をほおの木の葉で覆って風が入らないようにする。傷口から脂水が流れ出て痛みがとれ、腫れがひいたら、ほおの葉をとって、露草だけをつけて覆っておけば治ります」

「先生すごい、何でも知っている」

「そんなことないのよ、建部清庵というお医者さんが『民間備荒録』という書物を書いて紹介して下さったのよ」

残念ながらかつて想い人の源斎に聞いていた食物本草学の百科事典といわれた『本朝食鑑』は手に入れることはできなかったが。

幾の〝出前講習〟はやがて評判を呼び、あちこちから声がかかるようになった。

同じころ、幾が心ひかれた医師に庶民とともに生きた陸奥国八戸城下の開業医・安藤昌益がいた。幾の師東伯が尊敬の念を抱き、幾度も語ってくれた人物だった。

安藤昌益は『自然真営道』（宝暦三年、一七五三）を著し、士農工商の身分制度を否定、万人が耕す自然世を理想とした。儒教、仏教、巫道などこれまでの考え方に異を唱え、平等社会を主張した。

幾には難しく理解しがたいこともあったが、人間みな等しく同じという訴えには、貧しい百姓家に生まれ育った自分の境遇からも納得いくものだった。なにか大きく眼を開かされるような気がした。

人間みな等しく。しかし、現実の医の世界は必ずしもそうではなかった。

普段でさえ貧困にあえぐ民百姓に食べる物に事欠く飢饉時に医者にかかれるはずもなかった。かつて薬礼として米や味噌、醤油、野菜などを盆暮れに届けていたが、今はそれさえ思うに任せない。薬礼が払えず病が重症化しても診療所には行けなかった。飢えと栄養不足で倒れる者が相次いだ。一方、一握りの裕福な人のみが遠慮なく医者を呼びつけるのだった。

東伯も幾も極貧の病人からは薬礼を一文も受け取ろうとはしなかった。

それればかりか逆に「滋養を取りなさい」と軒下に野菜を届けたり、幾ばくかの金を薬紙に包んで置いてきたりした。

おかげで山崎診療所の家計は火の車で妻の七未がやり繰りに苦労していた。

「なに、その代わりに金持ちの患者からいただけるだけいただけばいいんだ」

東伯の口ぐせだった。


かつてなかったほどの深刻な飢饉——。

だが、幕藩は無為無策だった。そればかりか先を争って物資の移動を妨げる穀留を行った。飢饉は天災からくるものではあったが、人災でもあった。

お上は死んだ牛馬の数は知っていても領民の死者の数は知らない。死者には一つひとつの命、人生があったのに、人間より牛馬が大事。お上には慈悲がない。多くの民百姓の憤りだった。

そんななか、私財を投げ打ってでも難民を救おうという人物も現れた。

片貝村の佐藤佐平治だった。

佐平治は造り酒屋伊丹屋の一九代目当主。

その救援活動で多くの人の飢えと命を助けていた。

「慈悲深い方でのう。佐平治様を頼って遠くから飢えた人たちが杖にすがり、手を引かれてやってきているというぞ」

幾はそんな話をあちこちで聞いた。

東伯と幾は、佐平治にぜひ会って逼迫《ひっぱく》する医療への助力を申し出たいと考えていた。

だが、素封家《そほうか》で名士、二人にとっては雲の上の人。それに公私ともに多忙な人。すぐに会えるとはとても思えなかった。

「通い番頭の喜助さんに話してみます」

という幾に、

「番頭さんを知っているのか」

東伯の顔に光が差した。

番頭の女房が、せつ（皮膚病）にかかり痛みや痒みに悩まされているときに幾度か往診し、長引いたが治癒させたのだった。深く感謝され、その後も「幾先生、幾先生」と慕われ、つき合いが続いていた。

幾は早速、番頭の喜助を家に訪ねた。

「佐平治様に会わせていただけませんか」

「どのような御用向きで…」

「命にかかわることです。医者としてどうしてもお願いしたいことがあります」

番頭は腕を組んでしばらく考えた後、言った。

「分かりました。少し日を下さい」

返事があったのは二日後だった。

「お会いになさるそうです。明日、主屋の前で待っていなさいますので」

幾と東伯は喜びを隠せなかった。

二人は翌日、造り酒屋伊丹屋へ向かった。

広い敷地内に主屋や蔵座敷があり、酒蔵が三棟、米蔵、納屋、井戸小屋が建ち並んでいる。

夏の今、造り酒屋は、ひと冬の酒造りの活気が嘘のように静かだ。

それに天候不順による不作で米の供給量と価格の均衡を取るため酒造業は幕藩から厳しい規制を受けていた。にもかかわらず米を買い占め、米価を吊り上げることに手を貸す酒造業者もいて怒りをかっていた。だが佐平治は、そのようなことはしまいと厳に戒めた。酒造はやがて禁じられるのだが…。

ひっそりとはしていたが、蔵内や貯蔵庫清掃、来年に向けた準備で使用人が立ち働いていた。

「主屋の前でということでした」

幾が小声で言った。

主屋前をうかがうと誰もいない。いや使用人らしき初老の男が一人いるだけだった。

衣服は手織り木綿、煙草入れの緒は麻縄、草鞋という姿で、箒《ほうき》を手に辺りをはいていた。

「山崎診療所の者です」

幾は男を見た。眉の濃い、目鼻立ちのはっきりした顔で、眼は柔和だった。

「あの、佐平治様にお目にかかりたいのですが、お取次ぎを」

男はニコニコと笑顔を浮かべて言った。

「私が佐平治だが」

「失礼を致しました」

驚き、恐縮して二人は頭を下げた。

「どうぞ頭を上げて下さい」

番頭が迎えに来て、三人は主屋へ入った。

廊下に幾つかの部屋を通り過ぎて座敷に案内された。

女中が茶を三人の前に置いて去った。

「折り入ってお願いがありまして」

と東伯。

「およその話は番頭から聞いています」

「飢饉のなかで疫病や栄養不足で子どもやお年寄り、多くの人が死んでいます。薬礼が払えないからと医者に来ない。もとより薬礼はとっていませんが、あまりにも不憫《ふびん》で」

幾も口を開いた。

「一人でも多くの命を救いたいのです。薬が足りないのです、食べ物がないのです」

二人は医療の実情を切々と訴えた。

「どうかご助力を、お慈悲をお願いしたいのです」

二人は最後にそう言って畳に両手をついた。

じっと聞いていた佐平治は、膝を正すと一言。

「分かりました。やりましょう。なんなりと申しつけて下さい」

東伯と幾の眼に喜びの色が広がった。

主屋を辞して酒蔵前を通った。

そこで眼にしたものは——。

多くの飢餓難民が酒蔵の前に群れをつくっていた。二〇〇人はいるだろうか。子ども連れの母親、年取った夫婦、孤児と見える子どもたち、歩行困難な男たち…。みな疲れ切っており、着る物も破れ、やせ細っていた。

「みなさん、並んで待って下さい」

伊丹屋の使用人たちが声をかけ、椀《わん》と箸《はし》を配る。

酒造用の大きな釜で煮ているのは、佐平治が蓄えてきた粟や稗の粥や雑炊。いい匂いがしてきた。

「さあ、できました。十分あります、慌てないで」

若いまだ元気な避難者が椀によそうのを手伝っている。

並んで待っていた人たちが椀に口をつける。

「久しぶりの食い物だ」

「うまい」

「ありがたいことで」

涙ぐむ年寄りもいた。

東伯と幾は、いつまでも佇んで見ていた。

佐平治は長いこと救援活動を続け、炊き出しには多いときで一七〇〇人が訪れたという。酒造が禁じられてからは、そのために貯蔵しておいた米千俵余、味噌三〇〇俵を全部消費して、不足分は分家から買い受け、昆布二万把、古着や医薬を与えた。

こうした慈善行為に幕府の出雲崎代官所は銀一〇枚の褒美《ほうび》を与え、一代限りの帯刀と末代までの苗字佐藤を許した。本来なら飢饉の救済には幕府や藩が当たるべきだがその方策もないなかで、裕福な民間人の慈悲に依存しているのが実情だった。

だが、佐平治は少しもおごることなく、いつも変わらず質素に暮らし、非常用の粟や稗、味噌、昆布、干し大根などを蓄えた。

佐平治は東伯・幾との約束を守り、病人に対しては二人の医療を金銭面で支え、どこからともなく高価な薬も調達してくれた。薬酒、解熱剤、虫下し、膏薬。薬用人参、万能薬・反魂丹、萬金丹、感応丸、六神丸、無二膏…。おかげで多くの命が救われた。

あるとき、幾がお礼がてら報告に伺った。

佐平治は囲炉裏端で集まった村人と話していた。

囲炉裏の灰に火箸の先で「忍」の一字を書いて「堪忍の心」を一心に説いていた。

ああ、それで「忍字翁」とも呼ばれ、親しまれているのだと幾は得心したのだった。

そんな佐平治の屋敷に盲目の旅芸人、瞽女たちの姿を見ることもあった。饅頭笠に旅合羽、紺の着物に手甲脚絆、草鞋姿で三人、五人と数珠つなぎにそろそろと歩いていた。手には袋に包んだ三味線を抱きかかえていた。

越後は高田瞽女や長岡瞽女がよく知られていた。眼明きか半盲の手引きに連れられて三味線を抱え、関東近辺、諸国の村々を門付けして回った。歌い語るのは祭文松坂（段物）や口説き節で、口説き節は世の大きな出来事や悲しい物語を歌にしていた。常磐津、義太夫、民謡なども聞かせた。娯楽の少ない農村では大いに喜ばれていた。

佐平治は瞽女を泊めて歓待し、村人を集め大きな囲炉裏端で三味線の弾き語りを聞かせた。

「あっ」

もしかして、いやきっと。

ある日、幾は声を上げていた。

瞽女の中に同じ村の幼馴染だったキミの顔を見たからだった。

思わず走り寄った。

「キミちゃん？」

見えぬ眼でじっとこちらをうかがい、耳をすませた。

「どなた？」

「やっぱりキミちゃんね、幾よ」

「幾ちゃん？」

「そうよ、よくわかったね」

幾はキミの両の手を自分の顔にもっていった。

「ああ、幾ちゃんだ。忘れるわけないよ」

キミは瞽《めしい》の眼にポロポロ涙を流した。

「元気だったのね、キミちゃん」

幾もまた泣いていた。

キミは五歳のとき疱瘡がもとで失明した。疱瘡は痘痕を残して見た目が悪くなる恐ろしい病気だった。とくに女子が疱瘡になったら一生不縁になって結婚できず、瞽女になるしかなかった。

キミはいつも明るく、笑い声を絶やさない、とびっきり元気な子だった。それが…。

七歳のとき、生きていけるようにと親が高田瞽女の親方に弟子入りさせた。瞽女の修業は厳しく、朝五時には起きて三味線の稽古。か弱い指先に血が滲んだ。多くの唄を覚えなければならなかった。寝ても覚めても稽古、稽古の毎日。ときには親方にバチで額を叩かれた。

一人前になると三人、五人と連れだって土地から土地へと旅した。

どんなに苦労したのかと思うと、幾は胸がつぶれる思いがした。

それに今は飢饉で眼の見える者にさえ食べる物にも事欠く世。瞽女の門付けの米袋に入れてくれる人などいないだろう。

しかし、佐平治は眼の見えない者たちにも変わらぬ温かい眼を注いでくれた。キミはもちろん、幾も感謝せずにはいられなかった。

だが、飢饉の窮状はそうした一人や二人の慈悲の救援だけでは解決するような規模ではなかった。

越後の出雲崎に生まれた禅僧良寛は、一八歳のときに突然出家、備中玉島円通寺で修業の後、越後に帰った。自然を愛で、子どもを慈しみ、毬つきに興じた。いつも人々を思い、誰もが幸せに明るく過ごせるよう願っていた。

その良寛が飢饉で一変、子どもたちが飢えや病に倒れ、死んでいくのを目の当たりにして詠った。

身を捨てて世を救う人もますものを
草のいほり閑ももとむとは

自分の非力を痛切に嘆いたのであった。

そんな時代の変転のなかで民百姓は暮らしと命のぎりぎりの境にあった。

白い飯は食えず粟、稗に干し葉や大根を刻み込んだ粮飯を日に一食か二食だった。それとてままならず、葛、うど、蕨の根を掘って食べた。冬になるとそれらも得られず、相変わらず藁を粉にした何の味もないパサパサの藁餅で空腹をだますしかなかった。

そんな百姓たちに幕藩は容赦なく年貢を取りたてた。そのためわが子を奉公に出し、娘を売り、妻さえ奉公させねばならなかった。

もともと百姓は生かさず殺さずに絞り取れと言ったのは徳川家康。地主や村役人は米を食べることはできても一般の百姓が自分の作った白米を口にできるのは年に一度祭りの日ぐらいだった。

幕府はまた百姓への「御掟」（寛永一九年、一六四二）を出し、贅沢を戒める日常生活三二か条からなる細かな規制を加えていた。

そのうえ、近年続いた飢饉、疫病。子どもの間引きや堕胎もあった。だが、幕藩は何の手も打たなかった。

この時代一〇代将軍徳川家治の老中だった田沼意次が政《まつり》ごとの中心を担っていた。田沼の政策は財政再建へ商取引の活発化をはかる「重商主義」。商業中心の政策は農民の数を減らし農作物の供給率を低下させる結果になったとも言われる。そんなときの天災凶作で貯えのなかった多くの民百姓は飢えに苦しんだ。

行く手が見えずに一家心中、田畑や家を捨て逃亡・欠落《かけおち》（失踪）、逃散《ちょうさん》。村々は年々疲弊《ひへい》し、無数の命が失われていった。その惨状は眼を覆うばかりだった。

「あまりにも酷いじゃないか」

幾は往診した百姓から妻に対する「奉公証文」を見せられたことがあった。

そこにはこんなことが書かれていた。

一、女房が逃亡・欠落したときは、三日以内に探して連れ戻す
一、探し当たらないときは、請け人が代人を奉公させる
一、女房が妊娠して子どもが生まれても、夫として不満はない
一、女房が病気になったら三日五日は勘弁してほしいが、もし死亡したら代人に残り日数を勤めさせる

〈女は人間でないというの？　牛馬だってもっと大事にされているのに〉

幾は打ちのめされる思いだった。

子どもを二人おいて女房を奉公に出さざるを得なかった男は言った。

「そうしなければ生きていけないんですよ、女先生。どうしてこうなってるんですか、どうすりゃぁいいんですか」

何も言えなかった。

幕藩領主の最大の収入は、百姓からの年貢だった。「五公五民」（収穫の五が領主、残りが百姓）から「八公二民」になったところもあった。

百姓も大名も同じ血が流れている人間なのに、と幾は心を痛めるのだった。

幾は往診の帰りに久しぶりに信濃川流域の実家に寄った。

村は穂の稔りのない田や野菜のしぼむ畑が点々と見えた。

寝たきりだった父も働き者だった母もすでにいない。兄茂平は嫁と二人の息子の四人で細々と暮らしていたが困窮を極めていた。

夕刻で渡し舟もなく、幾は一泊することにした。

貧しい夕餉を終えると兄妹は向き合った。

「お百姓は大変ね」

「如何ともしがたい。しかし…」

兄はぽつりぽつりと語りだした。

「おらたち百姓が汗水たらして米を作っているからこそ御政道が成り立っているんだ。だが、お上は何もしてくれない。無慈悲なものだ。飢饉は天候異変から起こるが、原因はそれだけではない。諸藩は先を争って穀留めしたり他領への穀物の移出を禁止したり…。これはもう天災ではなく人災飢饉だ。天災は防ぎようがないが、人災は改めさせることはできる。百姓は黙ってはいない」

兄茂平の表情は決意に満ち、険しかった。

なるほどそうなのか、と幾は思った。飢饉の背景が分かるような気がした。

幾はやがて兄嫁が敷いてくれた薄い布団に横になった。昼間の疲れも出て眼を閉じた。

トトッ、トトトッ。静かに戸を叩く音が聞こえた。夜も更けていた。

「茂平さいるか」

遠慮がちの小声だった。

兄の幼馴染の六助の声だった。

家に招き入れる音がし、戸は閉められた。

しばし、音は消えた。

狭い家。二人の話し声が漏れてきた。

「最悪だぞ。年貢どころか、どの家も春にまく種籾もねえ。どうする茂平さん」

六助の声は続く。

「結束してお上に強訴《ごうそ》するしかねえ」

茂平が引き取る。

「俺たちは我慢に我慢を重ねてきた。こうなったら旗を立てるしかねえ。耕二の村じゃ二〇人が一味同心、心を一つにしたと聞く」

「法螺貝《ほらがい》の音、鬨《とき》の声が聞こえてきそうだ」

と六助が言う。

サクサクサク　ドドドドッ！

地を踏み鳴らす蓑笠姿の百姓の足音。はためく無数の幟旗。

眼に見えるようだった。

茂平も興奮気味に拳を握る。

「皆の衆に呼びかけよう。傘《からかさ》連判状をつくって立ち上がろうぞ」

幾は寝返りを打った。兄たちの意志、決意に思いを馳せた。

夜風が強くなっていた。

何の飢饉救済の手立てを打たないばかりか年貢を取り立てるお上にどこでも怒りが広がっていた。集団で直訴する強訴や越訴、一揆も頻発していた。幕府はすでに寛保二年（一七四二）に一揆に対する死罪を含む厳しい法令を出し、明和七年（一七七〇）には「御触」を出し、全国津々浦々に高札を立てて一揆の密告を奨励した。そうした動きを知らせた者には銀一〇〇枚を与え、名字帯刀を許した。

だが、民百姓はひるまなかった。

小千谷でも――。

天明の前、寛延元年（一七四八）には有名な箱訴事件があり、同三年には糸魚川領の魚沼郡二三か村の百姓直訴事件が起きた。

寛政三年（一七九一）は小千谷でとくに一揆が続いた年だった。

幾の兄たちが関わったのはこの年の小作一揆だった。

成就院前――。

漆黒の闇の中、夜陰にまぎれて参じたのは茂平と六助ら五人だった。

「このままでは百姓は生きのびることができない。起とうぞ」

茂平の押し殺したような声が空気を揺すった。

「そうだ」

「もう我慢できねえ」

中核となる五人は、一揆に向けた行動の計画を相談した。村人に決起をどう呼びかけるか、どう仲間を組織するか、直訴の要求項目をどうするか…。一揆の頭取（先導役）に推された、百姓総代の翫エ門の導きによるものだった。

物知りでもある翫エ門はこう説いて励ました。

「江戸で有名な国学者で医師の本居宣長という人がおる。百姓一揆についてこう言っている」

「へえ、そんな偉い人が…」

いずれの場合も民衆には罪はなく、すべて上に立つ者の間違いから起こったことだ。よくよく我慢できない状態にならないと、こうしたことは起こらないものだ。

「道理にはずれた政治を正し、民をいたわることこそ肝要と述べているのだ。わしらは間違ってはいない」

百姓総代は名主や組頭に対する百姓たちの代弁者。名主の不正の監視の役目もあり、村民の総意で選ばれた。

その後も成就院での秘密の会合は続いた。三人、四人と増えていった。

幾が実家・兄の家に立ち寄る度に兄の表情は張りつめていった。詳しい話はしてくれなかったが緊迫感が漂っていた。

ある夜。

秘かに山崎診療所の戸を叩く者がいた。

「夜分に申し訳ない」

傷を負った若い百姓が担ぎ込まれた。

見れば野良着が破れ、右足から血が流れていた。

「ともかく入りなさい」

聞きつけて奥から東伯も出てきた。無言でうなずいた。

「幾、まず血止めだ」

「はい、分かっています」

「焼酎だ」

東伯は焼酎を口から勢いよく二寸ほどの傷口に吹きかけた。

「うっ」

幾は傷を洗って血止めをし、擂り傷・切り傷に効く金創膏を擂り込んだ。

若い男は肩や背中にも打撲を負ったとみえ紫色に腫れていた。

幾はそこにも金創膏を塗った。

「一体どうしてこんなことに」

東伯が聞いた。

「いえ、それは」

担ぎ込んだもう一人の年上と見える百姓が口をつぐんだ。

〈きっと…〉

思い当たるフシが幾にはあった。

二人の百姓は頭を幾度も下げて去った。

後日、兄の茂平に聞いた。

二人は一揆を呼びかけ村々を走り回っていたが、不審な動きとして察知した地主が雇ったヤクザ風の男に襲われたということだった。

何が起きるか分からないものだ。

その数日後。また、山崎診療所に担ぎ込まれた者がいた。

眼つきの悪い、いかにもヤクザ風情の男だった。鋭い眼は落ち窪み、顔色は真っ青、やせ細って、よろよろと一人では立てなかった。

横にさせ、胸を開けた。あばら胸が浮いていた。

末期の肺病、と幾はみた。

連れてきた若い二人はそそくさと去った。

風体、顔つきからして先日担ぎ込まれた百姓一揆の百姓を襲った男に違いない。幾はそう確信した。

「ほっといてくれ」

男は幾を睨んだ。

「死んでもいいんだ、こんな命」

咳き込みながら捨て鉢に言う。

「死んでいい命なんてこの世にありません」

思わず幾は叫んでいた。

「なにをっ」

起き上がろうとした。

「俺の命を俺がどうしようと勝手だ。もう俺に会いたいやつなんて誰もいないんだ」

「何を言うのです。生きたくとも生きられなかった命がどれほどあったか…」

涙をいっぱいためて話す幾を男は茫然と見ていた。

そのとき、診療所に飛び込んできた者がいた。

「この馬鹿者が、妻子をどうする気だ」

ドスのきいた女の声だった。

男は眼をむいて驚いた。

「先生、申し訳ない。私が面倒をみた男でして。百姓方には酷《ひど》いことをしたようで。弱きを助け強きをくじけと言われてきたはずだ。だのに本当におめえという男は…」

言葉遣いが普通の女とは違った。

「堅気の皆さんに迷惑をかけて、謝れ」

「姉御！」

男は平伏した。

問わず語りの話によれば――。

女はお杏と言い、上州の大前田栄五郎一家に連なる親分だった夫に死なれ、娘を亡くし、やむなく夫の跡を継いだという。

「飢饉でどこでも、誰もが大変な目にあっている。私らも何か役に立てないかと思ってね」

村人に粥を施したり、娘を失ったこともあり孤児を引き取って育てたりしているのだという。女親分ならではの義侠心からだった。

「そうでしたか。お杏さんのような人もいるのですね」

幾は感服していた。

肺病のやくざは妻子が病気で医者にかかる薬礼もままならず金欲しさに地主に雇われて一揆つぶしの手先となった。だが、一揆勢の気持ちも分かった。自分も貧しい農家の次男坊だった。妻子のために故郷の上州から流れてきた。上州では博打のいざこざで大前田栄五郎親分に追われ越後にやってきた。出雲崎の侠客・観音寺久左衛門の噂も聞いたが、そんな親分に草鞋を脱ぐ気っ風も度胸もなかった。そして、流れついたのが小千谷だった。

「助けようもあったのに、なぜ黙って出た」

お杏は心配し、男の行方を捜していたという。

「先生、どうか、命を助けてやって下さい」

後日男たちに連れに来させるからと深々と頭を下げて帰った。

命は平等。小作争議の百姓の命も、それを襲ったヤクザの命もみな同じ。眼の前の命を助けるのが医者。

「そのとおりだ、幾」

東伯が言った。

幾は、男の回復を願って治療を続けた。

その後の兄茂平たちの動きは――。

兄の家近くに往診に行くと聞いて「ついでで悪いが」と、ある百姓の名前を告げた。

往診の後、さりげなくその百姓を訪ねた。

「兄の茂平からです」

家の左右を見て小さく折りたたんだ文をすばやく手渡した。

「幾先生、わざわざありがとうごぜえやした。お気をつけてお帰り下さい」

またあるときは——。

「何も聞かずに立っていてくれ。近くに何か異変が起きたら知らせてくれ、頼む」

成就院。松や杉、楓の大木、枝葉が地を隠した。刻は六ツ時（午後六時）。

同院の歴史は古い。永禄元年（一五五八）日照りが続き、上杉謙信公の命により萬蔵院住職が八月一日から七日間降雨祈祷を行ったところ、満願の七日目に雨が降った。「成就院」の称号を賜った所以だと伝えられる。

闇をぬうようにして黒い影が秘かに五～六、一〇～一五、いや数え切れない。

「皆の衆」

争議（一揆）の頭取、百姓物代の甐エ門が声を上げた。

座った無数の黒い影が頭取を見上げた。

甐エ門は、情にもろく、冷静沈着、村人の信頼は厚かった。

一番前に幾の兄茂平と六助もいた。

「堪えに堪え、忍びに忍んできた。腰を屈し頭を下げてばかりでいいのか。先祖代々の田畑を捨てて逃げていいのか。皆の衆、子ら孫のためにもお上に物申すときが来た」

「おう！」

「そうだ！」

一斉に拳を突き上げる気配がした。

「起とう」

「もう待てぬ」

奮《ふる》える茂平の声も聞こえた。

幾は身体が熱くなるのを感じた。

間もなくして静寂が訪れた。

何が語られているのか、何が起きているのか。幾には分からなかった。

よく耳を澄ますと翫エ門の言葉の片々が聞き取れた。

「大事決行の覚悟を」

「起請文」

「連判状」

「神水」

また、長い静寂があった。

「おうおうおー」

押し殺したような声が辺りに低く重く広がった。

数日後。後にいわれる寛政小作争議は目的を達して成就した。

年貢の減免、夫食米《ぶじきまい》の拝借、米価引き下げ、一刻も早い飢饉の窮民救済。その結果は小千谷の村々を駆け巡った。

同じ年の浦村事件は悲劇に終わった。長岡藩の大増税に堪え切れない九か村の百姓の強訴は苛烈な弾圧で首謀者は打首獄門となった。

寛政四年（一七九三）、義人・岡村権佐エ門の名で知られる魚沼郡二三か村の百姓による直訴事件があった。長岡藩の諸税は重く、権左エ門を頭取とし、村々の庄屋など四六人の署名嘆願書を藩主に差し出した。命覚悟の権左エ門は打首獄門になったが事件は落着、諸税は減免された。

こうして民百姓のたたかいは一進一退の運命を余儀なくされていた。

花の巻

片貝の花火の灯を消すな！

「分かっちゃいるけどよぉ、仲直りが早すぎはしねぇか」

と皮肉っぽく言う職人もいるにはいた。

だが、片貝から、いや越後から諸国から花火が消えたら何が残るのか。それは闇だ、という熱い思いは一つだ。

老舗の古川花火と新興佐藤花火はそれまでの因縁を越え、その一点で手を握り誓い合った。

再び片貝の夜空に、それもこれまでにない新しい色や文様、限りない連発の花火を創造するために双方が、研究し合い、学び合い、競い合っていた。棟梁、職人頭、職人が一緒になって力を出し合い、支え合って、その日に備えた。

〈こんなことがかつてあっただろうか〉

花火作りの秘術は門外不出、教えないというのがこれまでの慣例だった。が、それも変えられつつあった。

未だに信じられないと思う花も、その日々の中に身を置いた。

佐藤花火では棟梁後継ぎの橋三の指揮のもと、「星」作りが行われていた。

「星」とは光や煙を出しながら燃えてゆく黒い火薬の粒。小さな芯を作り、粉状の和材をまぶして乾かし、乾かしてまぶす作業を繰り返して大きくしていくもの。

「いいか、『星』は花火の主役。丁寧にな」

橋三の声が飛ぶ。

「どうですかね、文三さん？」

傍に古川花火から来た若棟梁文三が眼をこらしていた。

「そうだ、そこだよ」

職人の肩に手をかけて助言する。

「そうか」

笑顔を向ける職人。

作業は手際よく進んでゆく。

一方、古川花火では――。

棟梁の清太郎の差配で板の間での割薬（火薬）作りが進んでいた。

割薬には玉皮を爆砕することと、空中で花火を割り「星」を遠くへ飛ばす二つの役目がある。危険な作業でもある。

「単に破裂が強力であればいいというものではない」

清太郎が言う。

手を動かしながら職人たちは耳を傾ける。

佐藤花火からやって来た棟梁弥八が、つぶやくように言う。

「均整の美しさを損なってはいけない」

「どうすればいいので」

一人の職人が聞く。他の職人たちも一斉に顔を向ける。

「うーん」

弥八棟梁は腕を組んだ。

「それはね」

声をはさんだ者がいた。

花だった。

花は続けた。

「職人一人ひとりの勘と腕。精進しかないのよね」

昔、棟梁からそう教わって深く考え、努力してきたことを思い出していた。

古川花火と佐藤花火の合同研究は続いた。知恵を集め、眼の前で花火作りの作業をし、情報交換もし、あるときには材料の選択や買い出しも一緒に行った。

双方の必要な打ち合わせや報告は古川花火の職人頭芳吉と佐藤花火の職人頭治平が引き受け、度々会っていた。

「よっ」

「おおっ」

花火屋同士、顔見知りも増え、打ち解け合っていった。

花はこうしたなかで、花火の色合いや色を出す材料の配合、意匠・文様形の多彩さを求めていった。

片貝花火の復活をめざす古川花火・佐藤花火共同の動きは人々を驚かせ、共鳴をもって迎えられた。

「とても信じられねえが…」

その評判は越後の花火どころ長岡や柏崎へと伝わり、衝撃と刺激をともなって広がっていった。


一方、凶作と飢饉で疲弊した百姓町民を励まそうという計画も持ち上がった。

双方の花火屋が額を寄せ合って考えたのが角兵衛獅子の興行だった。

花も駆り出され角兵衛獅子の親方との文での打ち合わせ、連絡、宿の手配などを任されていた。見物が来るかどうか、うまくいくかどうか心配だった。

その日がやってきた。

テテン、テン、トトン、テン
ピーヒャラ、ピーヒョロロ
軽やな太鼓、笛の音が流れる。

縞の着物の裾をはしょり、股引き姿の若親方が口上を述べる。

「さあさ、小千谷の皆々さま、月潟村の角兵衛獅子でござーい」

花火打ち揚げの場所でもある浅原神社は大人や子どもの人、人、人の波。

縞の立付け袴《はかま》に襷《たすき》、小さな獅子頭に赤い頭巾をかぶった少年少女一〇人が立ち並び一礼をした。

「かわいい」

華やかな衣装とあどけなさ。

見入る見物から大きな拍手が起こった。

「はじめましては乱菊の芸」

口上が続く。

「そのままそっくり立ち合いの
いよいよ見ておりますれば、あなたよりこなたへと
くるりくるりと、はね返す、菊の乱菊」

勢いをつけ獅子たちの身体が一瞬、宙に舞った。空中でくるりと宙返りしてストンと地に立った。

「ほう」

見物がどよめいた。子どもたちもいて、眼をみはって食い入るように見つめていた。

次の芸を若親方が先導する。

「差し替えましては大黒天の俵転がしの早技」

手拭いで頬かむりした獅子の子どもたち。

「…ひやかしはどちらが…伊勢では古江津、丹後の宮津か」

獅子たちは頭を横に振る。

「それがいやなら京では島原、江戸では吉原」

やはり、頭を横に振る。

「それがいやなら越後で新潟」

「さあ、まだまだ…」

飛び、跳ね、逆立し、宙に舞った。その速さ、妙技に大きな拍手、喝采、境内に割れるような歓声が起こった。

「たまげたもんだ」

「予想もしなかったな」

続く驚きの声。

繰り出される鮮やかな芸に圧倒され、人々は刻を忘れ、いっとき飢饉の苦しさを忘れた。

喜ぶその満ち足りた笑顔を見て、角兵衛獅子を招き、尽力した古川・佐藤両花火の棟梁や職人たちは手を叩いた。

花は獅子たちの技芸を眼で追いながらふと感じた。花火と共通するものがあるのではない

か。例えば、連続する律動、強弱、遅速、明暗……。〈あの子たちは、それを意識しないで華やかに躍動している。凄い〉

花たちには実は最後まで気になっていたことがあった。

角兵衛獅子の演舞の一番前に陣取っていた一〇人ほどの子どもたちがいた。歳のころは獅子たちと同じで、薄汚い衣類を身にまとっていた。「悪餓鬼」「悪童」などと呼ばれ、誰にも避けられていた。

もし悪童たちに、いたずらや邪魔をされたら折角の獅子舞は台無しになる。

彼らは初め、まるで〝敵〟を見るような険しい目つきで獅子の芸を見ていた。

この子たちも実は、凶作・飢饉で親兄弟を失い、孤児になった者ばかりだった。

面倒を見てくれる者もなく、食う物もなく、一人ぼっちでさまよい歩いていた。

そんな子たちに「一緒に暮らそう」と声をかけ、励ましたのが、一番年かさの圭吉だった。

圭吉の肝っ玉、知恵、優しさを誰もが思慕していた。「頭」と呼んだ。

寺の端の地蔵堂に寝起きしていた。地蔵堂といえば、疫病の魔除けであり旅人の安全を願う建物。風雨は避けられる。住職は見て見ぬふりをしてくれていた。助け合って日々を何とか生きてきた。村の子どもに「きたねえ」「親なしっこ」とはやされもした。

生きるためには食わねばならない。そのためには何でもしてきた。天候不順で育ちの悪い田畑の野菜、柿や栗を盗み、縮商人の財布を抜き取ったりもした。

だが、悪童たちが決してやらないことがあった。弱い者いじめと意味もなく暴れ回ることだった。

角兵衛獅子たちの演舞の前夜、頭の圭吉は皆を前に言った。

「いいか、何があっても騒ぐな、手を出すな」

獅子たちが悪童たちと同じ境遇にあったことを教えてくれたのは佐藤花火若棟梁の橋三だった。圭吉は一度、橋三に助けてもらった恩があった。

当日、彼らは初め胡散臭《うさんくさ》そうな疑いの眼で眺めていた。だが、眼の前の獅子たちの芸、技、真剣さを見て、すっかり引き込まれ、興奮し、深く心を動かされていた。

「ではまた、ぜひご覧あれ」

大きな拍手、歓声に包まれ、角兵衛獅子舞は終わった。

誰も思いもかけなかったことが起きた。

「俺も弟子にして下さい、お願いします」

獅子の若親方の前に手をつき、頭をすりつけた。

一〇歳の男の子だった。悪童の中でも暴れっ子だった。

圭吉は驚いた。

そしてもう一人。同じように手をつき、顔をあげると親方の眼をじっとみた。

「あたいも」

なかでもいちばん芸事の好きな、おとなしい九歳の女の子だった。

〈まさか〉

圭吉は二人を見つめた。

若親方は圭吉と眼を合わせ、うなずいた。

角兵衛獅子の発祥の地は越後月潟だった。信濃川支流の中ノ口川は度々大洪水に見舞われ、手に負えない暴れ川だった。追い打ちをかけるように続いた凶作、困窮、飢饉。村を救う方法はないものか。考え出されたのが一三歳ほどまでの子どもたちだけの獅子舞だった。厳しい稽古・訓練を受け、一人前に育てられ、江戸をはじめ京や大坂、諸国を巡った。

村から町へ流れ流れの街道暮らし。その多くが親を亡くした孤児だった。

花は、自分も同じ境遇だったことを思わずにはいられなかった。

親を亡くした孤児ではなかったが、花火の夜にこの浅原神社に置き去りにされた。その深い悲しさとやるせなさは今も心に突き刺さったままだった。

角兵衛獅子の子どもたちのみごとな芸を心いくまで堪能した。

何よりも悪童といわれた孤児が角兵衛獅子の弟子にしてほしいと手をついて懇願したあの真剣な熱い眼が忘れられなかった。

悪い事ばかりではない。きっといいことがある。

江戸市中では幕府の強まる抑圧で花火が脅かされていた。

古くは三代将軍徳川家光のころの慶安元年（一六四八）に最初の禁令が出され、以後幾度となく発令された。花火の流行とともに火災が多発したことが理由だった。

だが今は、凶作や飢饉が続いているのに花火とは何事か、贅沢も極まりないという理由だった。庶民への圧迫は前から続いていた。奢侈《しゃし》禁止令が出され、衣服は布地の種類から染の色合い、櫛や笄、簪なども制限強制され、花火も同列に扱われた。

庶民からささやかな娯楽を奪おうとするお上の干渉だった。

古川花火の棟梁清太郎の幼馴染の亀吉は、小千谷縮を売買する行商人。江戸を行ったり来たりをしている〝江戸通〟。

「江戸じゃ大変なことになっているぞ」

亀吉がその様子を伝える。

こんな会話を耳にしたという。

「てあんでえ」

「もともと花火はよぉ、大飢饉と大流行したコロリで多くの死者が出たことからときの将軍吉宗様が死者の慰霊と悪疫退散祈願のために始めたんだ」

「だったら、今だって同じ理屈じゃねえのか」

「そうだ、今こそ花火が待たれているんだ」

憤慨し、興奮し、抵抗しているという。

それはそのまま小千谷の民の思いでもあった。

花火職人たちの決意と覚悟でもあった。

「片貝・小千谷の花火を消すな！」

「こんな暗い世だからこそ花火で夢を！」

「これまでにない立派な花火を見せてやろうじゃないか」

「職人の意地は民の意地だ」

古川・佐藤花火連合は動き出した。

打ち上げは浅原神社の丘。日時、双方の連絡、段取りの連携、双方で研究した新しい花火の試作と確認、事故の対応…。準備は多様で多忙を極めた。

花は双方の連絡係となって駆け回った。

「橋三さん、その後どうですか」

「うーん、なかなか、簡単じゃないね。でも、職人たちは生き生きと楽しそうにやっている。今までにないことさ」

笑顔で応える。

一方、古川花火でも連日、作業所は職人たちであふれ、熱気があった。

「いいか、そこ、手を抜くな」

職人頭の芳吉の声が飛ぶ。

「へい、分かっておりやす」

「ほんとに分かっているのか」

すると隣の年かさの職人が言う。

「お前な、これだぞ」

拳骨を振り上げる真似をする。

周りから笑い声が起きた。

和気あいあいの空気が流れている。

ここには心を一つにして悲願を成し遂げる強い結びつきがある、と花は思った。

花火大会を成功させるために推薦や助力も必要だという考えがあった。

古川花火の若棟梁文三と佐藤花火の若棟梁橋三は片貝の造酒屋の佐平治を訪ねた。

佐平治は深刻な飢饉の中で私財を投げ打って村々のために救援をしていることで知られていた。

「というわけで何とぞひとつ…」

文三と橋三は畳に手をつき深々と頭を下げた。

佐平治は間を置かず即答した。

「それはいい、ぜひ実現してくれ。やれることは何でもやらせてもらうよ」

頬をほころばせて言った。

「ありがとうございます。千人力です。いい席を用意いたします」

「いや、わしは隅の方でいい」

これが佐平治様なのだ、だれもが敬い親しむ訳が分かったと二人は心打たれていた。

さあ、あとは花火大会を広く伝え知らせ、見物に誘うことだ。

古川花火と佐藤花火の職人たちは二人、三人と組を作り手分けをして村々へ散った。

幾と花

今度会うときには希望が少しでも形になっているかも知れない。

そう思った二人。

あれから二年になる――。

幾は片貝の造酒屋伊丹屋の佐平治邸を出て歩き始めた。

と、五間ほど先を姿勢正しくすたすたと歩いて行く懐かしい背中を認めた。

古川花火の花だった。

「花さーん」

声をかけた。

ふり向いて足を止めた花。

「まあ、幾さんじゃないの」

しばらく言葉はなかった。

さまざまな思いが交差した。

「会いたかった」

「話したいことが山ほどあるの」

近くの寺の隅っこにあるお堂が眼に入った。

一〇段ばかりの一番上に並んで座った。

見上げると、モミジやカエデの赤とイチョウの黄色がまぶしかった。

この二年、二人には新しい苦悩や喜びが大波のように襲った。仕事の経験を重ね、考え、人として生きることの尊さを思い、一つひとつに手応えを感じてきた。

幾は医師として、師匠東伯とともに深刻な飢饉のなかで一人でも多くの命を救いたいと心身を労してきた。だが、医の世界だけでは実現できないことを思い知らされた。

「栄養不足で病に倒れ、薬もなく死んでいった人たちをどれだけ見てきたか。生きたくとも生きられなかったのよ。医療だけでは叶わない。だから救荒食物を広げたり、出前講習もしたりしたのよ」

「そう、そんなことも」

「もっと何か多くの命を救う手立て、方法はないものか。私財を投げ打って救援活動をしている片貝の佐平治様に医療面での協力をお願いに行った。おかげで多くの病人が生き延びることができたのよ」

「幾さん、私も佐平治様には…」

「花さん、もう一つ話させて」

「凶作で稔りのない穂を見るお百姓さんの悲しさ、悔しさ。なのに年貢だけは容赦なく取られ、納められなければ娘を売り、果ては田畑を捨てて村を出て行く。もう黙ってはいられないと百姓は立ち上がった。小千谷の小作一揆は本願を果たしたのよ」

「よかったね、幾さん」

「でもこれからが大変」

「じゃ、今度は私の番」

花は待ちきれずに話しだした。

この二年、思わぬことが次々に起きた。

片貝花火の灯を消すな、こんな暗い世だからこそ花火で夢を！　その願いを叶えるために大きなうねりが巻き起こった。

「憎しみあい、いがみあってきた古川花火と佐藤花火が一緒になって花火大会の成功へ向かって走りだしたのよ、凄いでしょ」

「凄いね、拍手」

「ほんと、信じられないことが眼の前で起きているの」

百姓町民を励まそうと角兵衛獅子の演舞も企画し、好評を博した。

「佐平治様にもうんと助けてもらったのよ」

「そうだったんだね」

幾も得心して顔を見合わせた。

二年前に再会したときの二人の思い「今度会うときには希望が少しでも形になっているかも知れない」は、すでに形になっていたのだった。

なぜ形になり、実現への道が見えてきたのだろう。

「誰もが願う一つの目的のために多くの人と力を合わせることが大事なのね。小さな力でも合わせれば大きな力になる」

幾が言えば、花も応えた。

「そう。そしてどんなことがあっても諦めないことよね」

「いつか必ずきっと」

「そう、いつか必ずきっと」

このころ、もう幾は「女医」の「女」を、花は「女花火師」の「女」をつけずに呼ばれるようになっていた。
幾と花の明日は——。

第八章　晩秋　天職

幾の巻

冷気をともなう風が草木をなびかせて野を吹き分けていった。

葉を落とした樹々の梢が寒そうに風になぶられていた。

秋は深まり、小千谷の長い冬はすぐそこまで来ていた。


幾はこの数年、さまざまな出来事に遭遇してきた。

病疫とのたたかい、飢饉救援、垣間見た百姓一揆。貧困や病を通じて医療や医者だけでは病を治せないことも痛感してきた。

「幾さんの抱える悔しさや悲しみは幾さんだけのものではないのですよ。済世救民、世の弊害を取り除き命を取り巻く環境を変えることを考えるのも医師の大事なことなのですよ」

源斎がいつかそう言ってくれた。

多くの人たちと共に考え、手を携え、幕藩の国収めのあり方にも眼を向けなければならないのではないかとも思った。

幾は飢饉から一人でも多くの命を救うために懸命だった。

医者としての技量も、師の東伯に追いつき、すでに追い越していた。東伯にはもう何も教えることがなくなっていた。幾にはまだ分からないことがやまほどあったが、真摯に患者に寄り添い、身体と心の両面で病をとらえ、向き合ってきた。

「幾です、大丈夫ですよ」

人々はその優しい一言に励まされ、安心した。

誰の命も分け隔てなく助けたいという幾の願いは募るばかりだった。


小千谷縮の機織りで体を蝕まれる百姓の女房も少なくなかった。

機織りは、稲作で実りのない百姓の副業でたった一つの現金収入源だった。農作業をしながらの仕事で、女子は小さいころから機織りを教えられた。機織りは居坐機《いざりばた》で大変な労力と細やかな技が求められた。一尺を織るのに九〇〇〇回以上も手を動かし、一反織るのに一か月から三か月かかった。

雪の多い小千谷の冬には手に息を吹きかけ、擦り合わせて縮布を織った。長い年月の過労で倒れ、伏す女も多かった。

船岡山の下の湯殿川添いにある百姓家。幾の幼馴染のさよが嫁いだ家だった。

「さよちゃん、具合はどう?」

息は苦しそうで、衰弱して顔色もなく、熱と咳き込みが続いているという。

労咳の初期だった。

「私、もう」

「何を言ってるの、元気が取り柄と言われたさよちゃん。また得意な機織りを続けるんでしょ」

夫は病弱、子どもは四人。二人の子を奉公に出していた。

幾は二日におかず訪ね、丁寧仔細に体を診、なんとかして手に入れた薬を処方した。滋養のある物をと米や野菜を届けた。

このころ労咳は働く女子にも多く、不治の病ともいわれた。

さよは、しかし、幾の懸命な診療で少しずつ体力気力も取り戻していった。

夫も子どもも、村人も、なによりさよ自身が思いがけない体の変化に驚いていた。

幾の患者でもう一人、遊女屋「したまち」に労咳に苦しむ若い女がいた。

「したまち」は、陣屋から近くの下夕町にあった。信濃川と湯殿川の合流地点にあった船着き場は縮商人や旅人で賑わい、船宿や旅籠も並び、その奥まったところに遊女屋があった。夜ともなれば三味線の音や呼び込みの声が聞こえた。

患者は、なみ、一七歳。百姓家の四人きょうだいの長女に生まれた。母を流行病で突然失い、父親は痩せた田畑を耕していたが凶作が続いて、年貢が納められず三年前に泣く泣くなみを「したまち」に連れて行ったのだった。

見世に出るようになって客を取らされる日々。主は「もっと客を取れ」と追い立て、「稼ぎが足りない」と時には折檻《せっかん》までした。働きに働かされて身体をこわして年季の途中、二〇代で病死する娘が少なくなかった。息を引き取れば寺に投げ込まれて菰に包まれ、墓地に掘られた穴に投げ込まれた。過酷な境涯だった。

なみは、父やきょうだいのために爪に火をともすようにして貯めたなけなしのお金や衣類を送ったりしていた。ほっそりと色白で、どこか色香があって客に名を知られていた。それだけに身体を酷使し、労咳は早かった。

「なみちゃん、幾よ。具合はどう？」

見世の奥の陽の当らない布団部屋に寝かされていた。

「微熱が続いて、咳も出て、食欲がなくて…」

弱々しい声。

「大丈夫。食べるのよ、食も大事な薬だからね。頑張って食べるのよ」

と言っても見世がちゃんと食べさせているのかどうか大いに疑いがあった。

見世の主は、幾が来ると苦り切った迷惑顔ですぐに消える。

幾は、食欲不振によいと言われる五苓散を処方し、秘かに持ち込んだ少しばかりの米や野菜を部屋の隅に布をかぶせて置いて行く。

なみの妹格の遊女を呼んで、「頼むわね」と合図する。

「食べたいものがあったら言うのよ」

遠慮しいしい、なみが口にしたのは大福餅だった。餅であんをくるんだ白い福々しい大福が食べたかったという。

幾は、今ではなかなか手に入らない大福を売っている店を探し当て差し入れたりもした。

なみは幾に懐き、何でも話した。

医は患者の身体と心の守り手。師東伯の教えだった。

なみに実は想い人がいることが分かった。

「したまち」へ来る前に将来を約束した隣り村の二つ年上の若者がいた。誠実で優しい、村一番の働き者だった。親を助け朝早くから暮れるまで百姓仕事に明け暮れていた。月に一度会うのが待ち遠しかった。

なみは男に遊女屋へ行くことを告げなかった。言えるはずがなかった。

「こんなところにいる私には合わせる顔がありません」

その深い悲しみと喪失感。

むせび泣く、なみ。

すでに四年の歳月が経っていた。

「万、万が一、まだ待っていたらどうするの」

「そんなこと、ありません」

「幸せは生きていてこそよ」

三日前、なみのいる店で心中事件があって大騒ぎになった。姉さん遊女と小千谷縮問屋の手代がこの世では結ばれないと儚《はかな》み、命を絶った。なみも将来を約束した村の男と添いたいと夢のようなことをあきらめきれないでいた。大事に想う人がいたから辛い奉公にも耐え忍んできた。

幾はどこへでも往診に行き、村々のことは大概知っていた。世話した患者たちの知らせでその男を探し当て、なみの身の上を話した。

男は驚き、言葉もなかった。様々な思いが交差しているのだろう。

幾は、なみが遊女に売られた事情を語った。男も同じ百姓、同じ凶作、飢饉、悲惨な暮らしに苦しんでいた。

次に男を訪ねたとき、無言で、なみへと文を託した。すっきりした眼の色に何か強い決意が宿っていた。

「どうか、よろしゅうお頼みします」

深々と頭を下げた。

幾は文を持ってなみを見舞った。良い知らせか悪い知らせか?

ふるえる手で文を読む、なみの眼からとどめなく涙が流れた。

文には〝しっかり病を治せ。俺が必ず迎えに行く。それまで辛抱して待っているんだ〟と書かれていた。

「先生、私、死にたくない。生きたい」

「なみさん、一緒にがんばろうね」

なみの体は徐々に信じられないほど快方、治癒に向かっていった。

それは奇跡と言ってもよかった。

「幾先生、ありがとう」

「労咳が治ったってよ」

「幾先生は凄い」

医師として誰の命も大切にする思い、諦めない粘り強さ。それが多くの人々の身体と心を救った。小さな奇跡の積み重ねだったと幾は思う。

幾の名は今や長岡、新潟、越後中に知れ渡った。領内の医者たちにも少なからぬ刺激を与えた。

その噂は時の藩主の耳にも届いた。藩は目敏く幾の褒賞《ほうしょう》へと動いた。

寛政のころ幕藩は大々的に褒賞を行っていた。民衆に恩恵的な仁政を施す姿勢をみせて治める思惑があったからだった。儒教道徳の孝子、節婦、忠僕の鑑として表彰し褒美を与えた。

藩主は幾を、病弱の養父東伯をよく助け、医療を通して地域に尽くしたとして米三俵を与えた。米三俵は大変貴重で並々ではなかった。幾は、それを受け取り、東伯と相談して病や貧困にあえぐ人々に届けた。「幾先生の恵み米」として涙して喜び、感謝した。

一方、別の声も広がった。

「幾先生は俺たちの先生だ」

「お上の医者じゃねえや」

ひときわ大きな声が聞こえた。

「俺たちで幾先生の仕事をほめ讃えようじゃないか」

患者代表を買ってでたのはなんと、かつて梅毒で幾にさんざん世話になった小千谷縮の亀谷の放蕩若旦那、弥平だった。

「いいかい、できるだけ多くの人にだ。少しずつでいいんだ、感謝の浄財を寄せてもらうんだ」

百姓や町屋の患者だった男女を中心に村々を駆け巡って訴えた。

みるみる浄財は集まりだした。

「ほんの気持ちだけど」と米を。

「これっぽっちで申し訳ない」と小銭を。

困窮を極める人が夢中で、なけなしの米と金を出し合った。合わせると五〇人を超えた。そして米一俵の形になった。

「幾先生に渡そう」

弥平が声をかけた。

翌日、幾と東伯の山崎診療所前は人で埋まった。近くの二荒神社の境内へも続いた。

「幾先生、ありがとう」

弥平が米俵を担いで挨拶した。

拍手と歓声が鳴りやまなかった。

「こんなことをしていただいて」

幾は言葉もなかった。

〈お上の米三俵よりこの一俵がどんなにありがたく、尊いものか〉

幾の眼に光るものがあった。

贈られた尊い一俵はまた、いつの間にか命や暮らしに困っている人たちへと届けられていった。

この美談はまた、瞬く間に越後中に伝わっていった。

悲しさ、辛さ、悔しさ。幾度もくじけそうになった。それでも自分に負けるなと言い聞かせてきた。思い返せば懐かしい。だが、医者の道を歩き続けてきて本当に幸せだったと幾はしみじみと思う。

長い歳月の数々の風景が脳裏によぎっては消えていった。

百姓の貧しさから山崎診療所に女中に入ったこと、師東伯に教えられ医者をめざして修業したこと、一人ひとりの命と向き合い懸命に生きてきたこと…。

その師東伯は今、死への床にあった。

東伯との厳しくも楽しい日々が思い出された。医の師として、また人の道の師として多くのことを学んだ。

道を照らしてくれた東伯は旅立とうとしている。

多くの人々の命を救ってきた師匠の命が今…。

幾には手に負えない重症、難病の患者はまだまだいた。東伯はそんな患者も見捨てずに診続け、尽くしてきた。老いとともに体力も衰え、辛そうに見えた。無理をさせてきた。幾は暗然とした思いに駆られた。

重い心の臓の病で長く伏せっていた。何としても師の命を救いたい。呼吸困難、ときには意識障害もあり、幾は寝ずに看病した。

誰か私を助けて！　思い浮かべたのが、若いころの尊敬する座学の師であり想い人の沢田源斎だった。小千谷の叔父の死の後、叔母を引き取って長岡で医院と私塾を開いている。

もう会うことはないと思っていたが、幾は意を決して源斎を訪ねた。三年ぶりの再会だった。

「幾さん、どうしました」

驚いた源斎は懐かしそうに幾を迎えた。

引き取った叔母もなくなり、今は一人住まいだった。

「東伯先生が…」

事情を聞いた源斎は快く助力を引き受けた。月三回は何とかして小千谷に診察に行く約束をした。

源斎は東伯を診ながら、幾と一緒に東伯の患者も診るために村々を回った。源斎には村々、町々に根差した地域医療をもっと広範囲にする必要がある、「命の平等」をかかげ多くの医師が手を結び合うことが大事だと考えていた。

村々を行くと、

「お似合いだね」

「幾先生のいい人？」

そんな声が飛んだ。

源斎と歩きながら、あらためて源斎の医師としての力量、優しい人柄に魅かれた。源斎は今日も明日も、幾の特別な存在なのだと思い知らされた。源斎もまた幾をかけがえのない人だと思っていた。

東伯は、源斎や幾の献身的な努力にもかかわらず、すでに手の施しようがなかった。

「幾」

絶え絶えの息で幾を手招いた。

「東伯先生、師匠」

手を握って応える。

東伯は、残るわずかな力で握り返してきた。

「幾、頑張ったな。厳しく叱ったり怒ったりしたこともあったが私が未熟だったからだ。許してくれ。だが、よく精進した。立派な医者になった。医師はお前の天職だ」

「先生、し、師匠」

「幾、患者こそわれらの師匠だ。忘れるな」

涙があふれて言葉が出てこない。

「泣くな、わしはお前に感謝している」

「師匠、ありがとうございました」

右手を幾が、左手を泣きはらした妻の七未がさすり続けた。

源斎がうなだれて畳を叩いた。

やがて永遠の眠りについた。

障子が朝焼けに真っ赤に染まっていた。

花の巻

その日がやってきた。

澄んだ空の星月夜だった。

浅原神社には赤松や杉、桜の大木の葉が秋の名残を残していた。

神社の右手後方の小高い丘の上。「古川花火」「佐藤花火」の文字の入った半纏がかすかに見えた。半纏に股引、腹掛姿の男たちが五人、一〇人。花火の打ち揚げ筒の一つひとつに火を放ちながらあっちへこっちへ風のように走っていた。緊迫感が闇を震わす。

男たちに混じって「古川花火」の半纏に身を包んだ短髪、小柄な花の躍動する姿もあった。

その動きは暗闇でも一際目立った。

間もなくして——。

耳をつんざくような炸裂音、強い火薬の匂い、辺りに舞う濃い白い煙。

ギューイン　インイン
バリバリ　ドーンドーン
ザッー　バラバラー

空が赤い焚火色に染まった。

「うわー、すげえ」

「いいぞ、やったあ」

見物のどよめき、歓声、ため息。

浅原神社横の見物席は何百という老若男女の人波で埋め尽くされていた。小千谷縮の行商で江戸通の亀吉の得意先などへの触れ歩きで江戸からも来ていた。亀吉が旅先で知り合い懇意になった越中薬売りの喧伝も効いた。

一発目から二発目の打ち揚げまでにしばしの間がある。

見物客は夜空に眼を注いで固唾をのんで待つ。

「古川花火と佐藤花火の共同花火大会というじゃないか」

「たいしたもんだなあ」

「ありがたい話ですよ」

ダダダダ　ドーン
ザッー　バラバラー

二発目三発目、間断なく幾度も幾度も夜空に大輪の鮮やかな花が咲いた。

流星、立花火、打ち揚げ花火…。目まぐるしいほどだった。

見物の興奮は極に達した。

江戸の花火「かぎやー（鍵屋）　たまやー（玉屋）」に負けるものかと大声で叫んだ。

「古川やー　佐藤やー」

「佐藤やー　古川やー」

花火が揚がる度に見物のかけ声が揃い、花火とかけあいで夜空にこだました。

古川花火の棟梁清太郎、後継ぎの文三、花。そして、佐藤花火の棟梁弥八、若棟梁の橋三はじめ多くの職人たちも感情がたかぶっていた。

だが、打ち揚げは一瞬も手を休めてはならない。彼らは眼差しを交わし合い、片手で拳を握ってわずかに振り合った。

花の眼から涙がこぼれた。

花火師になるまでの長い道のりを夜空の花火の向こうに思い浮かべた。

今夜のような花火の夜に母に置いてゆかれ、清太郎夫婦に拾われて実の子のように育てられ、修業もさせてくれて花火師への道を歩かせてくれた。

花を信じてくれた人たちにも支えられて今があるのだと感謝の気持ちでいっぱいになった。

暗がりの見物の席の中に慈善家の佐藤佐平治の顔もあった。打ち揚げられる一つひとつの花火に拍手を送り、人々の反応を見てうなずき、笑みをこぼしていた。

幾の白衣姿もあった。

「花さーん」

一際大きい声をかけ、手が千切れるような拍手を送っていた。

「頑張ったんだね、花さん」

自分のことのように胸が熱くなった。

そしてもう一人。見物席の暗がりにじっと空を見つめている女がいた。

花の母だった。幾筋か髪に白いものがあった。

眼を小高い丘の下辺りに移した。娘がさっそうと立ち働いている姿が見える気がした。

花の花火師としての噂は何年も前から耳にしていた。嬉しく懐かしく、誇りに思っていた。

だが、今さら決して会いに行ってはならない、近づいてもならないと戒めてきた。一夜、一睡もできなかった。

気がついたらいつの間にか浅原神社に来ていた。

〈薄情な母を許して。あなたのことを、柔らかなぬくもりを一日だって忘れたことはなかった。今夜は愚かな母に夢を見せてくれてありがとう〉

両手を合わせた。

花は、もちろん知らない。

でも、母が見に来てくれていたら、と叶わぬ思いがふっと浮かんだりもしていた。

〈こんなに大きくなりました。母さん、もう一度だけ抱きしめて〉

そんなことは絶対にありえないと首を振った。

〈今夜は母さんのために花火を揚げます。見ていて下さい〉

バリバリ

ドーンドーン

ヒューン　ヒューン

ダダダダ　ドーンドーン

ザッー　バラバラ

最後の一発が夜空を焦がし、花火大会は終演した。母と娘は偶然あのとき別れた浅原神社の境内へと向かった。暗がりに娘らしき姿を認めた母は、声を押し殺して泣きながら去って行った。

幾と花

「幾さん」

花は、白い筒袖の白衣を着た幾を認めた。

「花さんじゃないの」

「古川花火」の半纏を着ていた。

数年ぶりの再会だった。

そういえば、と二人は思い浮かべた。

最初に会ったのもここ小千谷町屋敷の一隅、小間物屋「小里」の前だった。

小柄、色白、眼の大きい丸顔の幾がいて、眼元涼しくどこか少年のような顔立ちの花がいた。

二人とも年ごろも似ていて、赤い帯をした女中姿だった。

すっかり仲良くなって、同じ赤い花簪を買って髪に挿した。

別れるとき、こう言い合った。

「私は花、片貝の花火屋の女中。いつか花火を打ち揚げたいの」

「私、幾。山崎診療所の女中。将来、医者になりたいの」

運命的な出会いだった。

互いの身の上がとても似ていた。

凶作が続く極貧の百姓家に生まれた。一人は口減らしのために診療所の女中に出され、一人は母に置いてゆかれ花火屋に拾われた。

あれから歳月は流れ、二〇年が過ぎた。

小間物屋の店先の椅子に腰を下ろした。

二人はかつての面影を残しながらもどこか喜びと自信にあふれているように見えた。

めざしたそれぞれの道を歩き続けてきた。男世界の中で出る杭は打たれ、時には悩み苦しみ、絶望した。だが、あきらめなかった。

「女の私たちの前には道はなかったと思う。自分たちで道をつくってきた」

ふと幾の口から出た。

「私も思ったの。夜空のぱっと咲く一瞬の光は明日への大勢の夢と希望なの。苦しいこと悲しいことを忘れさせてくれる力がある。苦労があったけれど、それを信じてきたから頑張れた」

「そうよね。私も眼の前の病人をほっとけなかった。一人でも多くの命を救いたかった。でも自分の未熟さで死なせずにすんだ命もあった。医療だけでは人の命と心は救えないことも知った」

人の命に貴賤はない、男も女もない、子どもも年寄りもない。花火に励まされ夢を見ることに貴賤も男も女もない、子どもも年寄りもない。

「私たちはまだまだ、これから」

「そう、まだまだ」

幾と花は深くうなずき合った。


やがて、意外な展開が待っていた。

どういうわけか二人とも店先の左右に忙しく眼を配り出した。

「どうしたのよ、花さん。そわそわして」

「幾さんだって」

通りの右手から近づいてきた男がいた。「佐藤花火」の半纏を羽織った若棟梁の橋三だった。

左手から現れたのは、かつての若いころ幾が通った座学の師で想い人だった総髪・十徳姿の澤田源斎だった。東伯の死の病でも助けを借りた。

二組のそれぞれが、偶然にもこの店先で待ち合わせをしていたのだった。

「えっ」

と花が言えば、幾も、

「なんで?」

面食らっているのは橋三も源斎も同じだった。

二組はこの日、初めて出会った。

「初めまして」

「話には聞いておりました」

一〇年来の知己のようだった。

「ところでなんでここへ？」

幾がまた聞いた。

「あの、あのね」

「どうしたのよ」

「簪を買いに来たのよ」

「ええっ」

その偶然にまた驚いた。

花と橋三、幾と源斎が所帯を持つことになり、祝いの花簪を選びに来たのだった。祝言の仲人も幾と花が世話になった佐藤佐平次が快く引き受けてくれていた。

二人は初めて出会ったときに買った苺とんぼ玉簪を手にしていた。

「懐かしい！」

あのころと同じように髪に挿して声をあげた。

「お二人さん、よく覚えていますよ」

店の中からおかみが出てきた。

四人は店の簪をゆっくり見て回った。玉簪に平打ち簪、華やかなつまみ簪、九重菊花、銀椿一本簪…。

「これ似合うわ」

「もう三十路なのよ。ちょっと若過ぎじゃない」

「歳の数じゃない。今輝いているかどうかよ。私たち、若い」

「そうよ。悔いなくひたむきに生きていこうね」

声はどこまでも明るく弾んでいた。

幾と花は一緒になる相手を差しおいて、賑やかにいつまでもはしゃいでいた。

季節は晩秋、冬隣りであった。

二人が店の庭に眼をやると、冷たい風に堪えて紅白の大輪を咲かせる凛とした山茶花《さざんか》の二本の立ち姿があった。


（完）

あとがき

ふるさと越後の埋もれた歴史に材をとり、底辺に生きた民の誇り高い生きざまを描いてきました。歴史を下降すれば名もなき民衆のなかに傑出した人々がいる！　歴史時代小説を書く私の変わらぬ立ち位置です。庶民の歴史を時の為政者は書きません。私たちが丹念に掘り起こし、紡いでいかなければならないと改めて思います。

『小千谷の風』の舞台は、江戸中期の越後小千谷。打ち続く凶作・飢饉、蔓延する疫病の世。主人公の一人は女医、一人は女花火師。封建的な男社会のなかで共に怒り、泣き、悩み、励まし合って百姓町民を救うために懸命に尽くした二人の成長と友情の物語です。

史資料は無きにも等しく、『越後人物誌』に見つけたわずか一行の寡黙な記録から想を得ました。時代背景を押さえつつも、物語はあくまで想像と創造の世界です。医療や花火についても時代誤差があることをお断りしておきます。

多くの方々に教えを請い、お世話になりました。

小千谷市郷土史家の簗田勝二さん、小千谷市立図書館学芸員の白井雅明さん、片貝煙火工業の本田和憲社長、かつての同僚君塚陽子さん。

本書発行を引き受けてくださった同時代社代表の川上隆さん、本書の編集・制作に携わってくださった久保企画編集室代表の久保則之さん。

お名前を記して深く感謝を申し上げます。ありがとうございました。

二〇二四年四月

玄間 太郎

【参考文献】

〈小千谷・片貝、越後の歴史〉

『小千谷の歴史』（小千谷市史編集委員会）
『ふるさとにかがやく　小千谷の先人』（小千谷市教育委員会）
『図説　新潟県の歴史』（河出書房新社）
『図説　にいがた歴史散歩』（新潟日報事業社）
『新潟郷土物語』（石川英雄、歴史図書社）
『北越雪譜』（鈴木牧之）
『やせかまど』（太刀川喜右衛門、片貝町郷土史研究会）
『越佐人物誌』（牧田利平編、野島出版）
『片貝村青年會物語』（安達常造）
『小千谷の歴史　縮』（小千谷織物同業共同組合）
『ものがたり　おぢやの伝説』（小千谷青年会議所）
『郷土史話』（石川徳男、長岡郷土史研究会郷土資料刊行会）
『学校物語』（立石優、恒文社）
『雪国大全』（佐藤国雄、恒文社）

『新潟県の民話』（日本児童文学者協会編）

〈災害、飢饉〉
『江戸時代の災害・飢饉・病疫』（菊池勇夫、吉川弘文館）
『江戸の災害史』（倉地克直、中公新書）
『天災と復興の日本史』（外川淳、東洋経済新報社）
『飢饉日本史』（中島陽一郎、雄山閣）

〈医学、医療〉
『病気日本史』（中島陽一郎、雄山閣）
『日本医学史要綱』（富士川游・小川鼎三、東洋文庫・平凡社）
『江戸時代の医学　名医たちの三〇〇年』（青木歳幸、吉川弘文館）
『江戸風流医学ばなし』（堀和久、講談社）
『江戸時代の医師修業』（海原亮、吉川弘文館）
『江戸の町医者』（小野眞孝、新潮選書）
『まるわかり　江戸の医学』（酒井シズ監修、ｋｋｋベストセラーズ）
『南魚沼医療史』（同編集委員会、南魚沼郡医師会）
『熱く生きた医人たち』（鈴木昶、新日本出版社）

〈薬、薬学〉
『本朝食鑑1』（人見必大・島田勇雄訳注、東洋文庫・平凡社）
『民間備荒録』（建部清庵）
『伝承薬の事典』（鈴木昶、東京堂出版）
『漢方薬の手引き』（永田勝太郎、小学館）
『実用東洋医学』（根本幸夫、池田書店）

〈花火〉
『花火に熱狂する片貝』（渡邉三省、野島出版）
『花火の話』（清水武夫、河出書房新社）
『花火の大図鑑』（日本煙火協会）
『花火のえほん』（冴木一馬、あすなろ書房）

玄間　太郎（げんま　たろう）

1944 年、新潟県三島郡出雲崎町生まれ。新聞記者 42 年。
日本ジャーナリスト会議会員。

著書 (小説)
『青春の街』（本の泉社）
『少年の村―出雲崎慕情』（同上）
『起たんかね、おまんた―天明・越後柿崎一揆』（同上）
『黄金と十字架―佐渡に渡った切支丹』
（東京図書出版、第 9 回新潟出版文化賞優秀賞）
『角兵衛獅子の唄』（同上）
『栃尾郷の虹』（本の泉社）

著書（ノンフィクション）
『朝やけの歌』（本の泉社）
『ともかの市議選奮戦記』（同上）
『車いすひとり暮らし』（共著、同上）

小千谷《おぢや》の風《かぜ》

2024 年 5 月 7 日　初版第 1 刷発行

著　者　玄間太郎
発行者　川上　隆
発行所　同時代社
〒101-0065　東京都千代田区西神田 2-7-6 川合ビル
電話 03(3261)3149　FAX 03(3261)3237

制　作　久保企画編集室
組版・印刷・製本　モリモト印刷
装　幀　アルファ・デザイン 森近恵子

ISBN978-4-88683-967-1